AF143413

Géocrimes

Sébastien GUILLEUX

Du même auteur :

Le fantôme de Romain Stern

La malédiction de l'œil bleu

© Sébastien Guilleux 2020

Contact : guilleux.sebastien@gmail.com

Tous droits réservés – Reproduction interdite

Édition : BoD – Books on Demand

12/14 rond-point des Champs-Élysées, 75008 Paris

Impression : BoD - Books on Demand

Norderstedt, Allemagne

Achevé d'imprimer en février 2020

ISBN : 978-23-22205-14-1

Dépôt Légal : février 2020

Prix TTC : 12 €

Partie 1
L'enquête

FSC
www.fsc.org
MIXTE
Papier issu
de sources
responsables
Paper from
responsible sources
FSC® C105338

Cache traditionnelle – Le Nid au Merle

Par Zeus.bzh

Nord 48°13.160 Ouest 1°34.463

Bonjour !

Venez découvrir les vestiges de l'abbaye Notre-Dame-du-Nid-au-Merle !

N'ayez pas peur et entrez en ce lieu magique…

Pour la petite histoire, l'abbaye a été fondée au début du XIIème siècle par le moine Raoul de la Fustaye à la demande du duc de Bretagne.

La plus grande partie des vestiges que vous pouvez voir sur ce site est d'architecture romane.

Les pierres utilisées sont : du grès, du schiste et du granite. Elles sont presque toutes d'origine mais vous pouvez essentiellement en admirer le transept.

Profitez de ce lieu surprenant avant de chercher la petite boîte…

Bonne chasse amis Géocacheurs !

Indice : dans un trou du mur

Jeudi 5 octobre 2017

Les ruines de la grande bâtisse impressionnaient. Guillaume n'était pas rassuré en ce lieu. Le jour n'était pas encore levé et il faisait bien sombre. Il était habitué à se promener seul, tôt le matin. Mais aujourd'hui, il avait une impression bizarre. Peut-être étaient-ce les hauts murs de cette ancienne abbaye qui le rendaient parano. Un léger vent faisait bruisser les feuilles. Il s'était arrêté pour regarder son GPS. La cache n'était qu'à une vingtaine de mètres…

Tout avait commencé par hasard, deux ans plus tôt, Guillaume chassait les champignons avec sa femme et ses deux enfants en forêt. Ils étaient tombés sur un drôle de spécimen. Il s'agissait d'un cèpe en porcelaine. Ce faux champignon était creux et dissimulaient des choses à l'intérieur. Elodie lui avait dit de ne pas y toucher, il s'agissait peut-être d'une cachette pour le trafic de drogue. Mais son mari était curieux et avait voulu en avoir le cœur net. Il avait enlevé le capuchon sous le cèpe et sorti un rouleau de papier, ainsi qu'une figurine représentant un éléphant. Qu'est-ce-que c'était ? En défaisant le rouleau de papier, il trouva une petite notice lui expliquant que cette boîte faisait partie d'un jeu au nom incompréhensible, le géocaching !

Aujourd'hui, Guillaume chassait des boîtes partout. Il était devenu complètement addict au géocaching. Le jeu était simple, tout d'abord des « placeurs » dissimulaient des boîtes de toutes formes dans n'importe quel lieu. Puis, munis des coordonnées GPS, les autres joueurs devaient retrouver cette « cache ». Une fois la boîte en main, le « géocacheur » devait signer un « logbook » et pouvait échanger de petits objets. Une inscription gratuite sur le site internet officiel suffisait pour commencer à jouer. Le jeu était né aux Etats-Unis dans les années 2000 et s'était progressivement imposé comme un vrai loisir partout dans le monde. Avec environ sept millions de joueurs et plus de trois millions de caches sur la planète, Guillaume avait de quoi s'amuser pour longtemps.

Le jeune homme était rapidement devenu accroc et cherchait toujours à être le premier à trouver une nouvelle cache. Pour cela, il avait paramétré son compte géocaching afin de recevoir des alertes lorsqu'une cache venait d'être publiée. Il avait reçu le mail sur son téléphone hier soir vers 23h30 mais il venait de se mettre au lit. La cache était à une quinzaine de kilomètres de son domicile. Il avait modifié le réglage du réveil pour être levé plus tôt et faire un petit crochet avant de se rendre au travail.

Cette nouvelle cache était sur le site du nid-au-merle, à Saint-Sulpice-la-forêt, où se trouvent les ruines de l'abbaye Notre-Dame-du-Nid-au-Merle. Une brève description historique du lieu accompagnait les précieuses coordonnées. Guillaume avait garé sa voiture sur le parking de l'institut médico-éducatif, à proximité et s'était dirigé, GPS à la main, vers les imposantes ruines.

Il progressait lentement dans les vestiges de l'abbaye à la lueur de son vieux téléphone portable qui ne disposait pas de lampe torche. Il avait du mal à se repérer et se retrouva dans une petite alcôve, la cache était tout près, à moins de cinq mètres. Avec son GPS d'une main et son téléphone de l'autre, il commença à inspecter le mur en face de lui. Il fouilla quelques trous, sans rien trouver. Soudain, alors qu'il approchait sa main d'une énième anfractuosité, une chauve-souris s'en échappa rapidement, ce qui le fit sursauter. Il venait de se faire une belle frayeur. Le cœur battant à tout rompre et le front en sueur, il s'assit le long du mur pour reprendre ses esprits. Il se frotta le front avec le dos de la main droite et ses yeux tombèrent sur une chose qui brillait sur le sol en face de lui, à une dizaine de mètres. Près de cette lueur, une masse sombre. Il se releva et s'approcha. Guillaume devint livide. La lueur était celle d'un téléphone portable. Un individu était allongé à côté et sa main tenait encore le smartphone. Le jeune géocacheur resta interdit, il ne pouvait pas voir le visage mais reconnut des traces caractéristiques. Des traces de sang.

***

La section de recherches de Rennes avait été saisie et, au lever du soleil sur le site du Nid-au-Merle, arrivèrent les deux lieutenants Eléonore Ramirel et Damien Béranger. Ce dernier venait d'être muté à Rennes après avoir commencé sa carrière à Paris. Il avait trente-cinq ans, une compagne et n'avait qu'une seule passion : son boulot. De taille et corpulence moyenne, brun, avec un visage doux et deux yeux noisette, le gendarme paraissait beaucoup plus jeune, ce qui l'agaçait. De cinq ans son ainé, le lieutenant Ramirel, petite brune aux yeux bleus, était une femme qui partageait sa vie entre la gendarmerie et ses deux enfants : Audrey et Benjamin. Sans parler de Pierre, son ex-mari qui tentait en vain de la reconquérir. Son aspect négligé, de mère débordée, n'enlevait rien à ses compétences d'enquêtrice. Elle disposait d'un des meilleurs taux d'élucidation de la section rennaise. Les deux gendarmes n'avaient encore jamais travaillé ensemble et cette affaire faisait office de baptême du feu.

- Impressionnant cet endroit, dit Eléonore en observant les imposantes ruines et réajustant son chemisier froissé. Dire que j'habite à quelques kilomètres d'ici et que je ne connaissais même pas ce lieu.

Son partenaire ne répondit pas, il n'était pas ici pour faire du tourisme mais pour un meurtre. Il se contenta d'un petit sourire et sortit un crayon et un calepin. Passée la découverte du site, ils se dirigèrent vers le fond de l'abbaye.

- Qu'avons-nous là Sergio ? demanda la gendarme en s'adressant au médecin légiste, accroupi au pied du cadavre.

- Bonjour, je vous présente monsieur Gabriel Couvreur.

Il avait accompagné ses mots d'un grand geste théâtral, avant de poursuivre :

- Mort suite à un grand coup derrière la tête. Et voici l'arme du crime.

Le médecin désigna une roche au pied du cadavre. Celle-ci était recouverte de sang.

- Quand est-il mort ? demanda Damien.

- D'après mes premières constatations, entre minuit et 2 heures du matin.

- Que faisait-il ici, à cette heure de la nuit ?

- Il pratiquait le géocaching !

- Le géoquoi ?

- Le géocaching, répondit Eléonore, tu ne connais pas ? Il s'agit d'une chasse aux trésors des temps modernes. Avec un GPS ou un smartphone, tu te balades pour découvrir des boîtes que d'autres cachent. Très bien pour se promener avec les enfants.

- Je n'ai jamais entendu parler de ça.

- Il faut sortir mon vieux, dit la gendarme en rigolant.

Damien ne releva pas cette boutade et poursuivit :

- Et donc, il cherchait un trésor en pleine nuit ?

- Apparemment, oui, dit le médecin. Une nouvelle cache, c'est le terme utilisé, a été publiée hier soir. Mais vous pouvez aller voir ce jeune homme, c'est lui qui a découvert le corps ce matin.

Il désigna une personne aux cheveux broussailleux, assis dans un coin des vestiges. Les deux enquêteurs s'en approchèrent. L'homme avait une allure athlétique et son regard sombre semblait perdu.

- Bonjour monsieur, je suis le lieutenant Ramirel et voici le lieutenant Béranger, débuta Eléonore. C'est vous qui avez découvert le corps ?

- Oui, j'ai déjà tout raconté à vos collègues, répondit-il d'une voix grave avec un air absent.

- Nous allons recommencer si cela ne vous dérange pas. Comment vous appelez-vous ?

- Guillaume Morel.

- Dans quelles circonstances vous êtes vous retrouvé ici ?

- Je suis géocacheur et je voulais être le premier à trouver cette nouvelle cache. Je suis un chasseur de « FTF ».

- Un quoi ? demanda Damien.

- Un chasseur de FTF, ça veut dire *first to find. Premier à trouver* en français. Cette cache a été publiée hier soir et je pensais être le premier sur les lieux… Il faut croire qu'on m'a devancé.

- Vous connaissiez la victime ?

- Gabi, oui il était connu chez les géocacheurs rennais. Je l'ai croisé à plusieurs reprises, notamment lors d' « event ».

Le gendarme eut un nouveau regard interrogateur et Guillaume Morel reprit :

- Veuillez m'excuser, je suis tellement habitué à ces termes. Un event est une rencontre de géocacheurs. Il y en a régulièrement à Rennes et aux alentours.

- Quelqu'un pourrait-il en vouloir à Monsieur Couvreur ? interrogea Eléonore.

- Il était très apprécié dans le milieu et un des meilleurs poseurs de caches. Il avait un vrai don pour le camouflage des boîtes. Toutes celles qu'il a posées étaient des bijoux d'intégration en milieu naturel.

Damien nota tout sur son carnet. Bien qu'il semblât ne pas tout saisir, il n'osa pas poser plus de questions. Il conclut donc :

- Il n'avait donc pas d'ennemi dans le milieu du géocaching.

- Non, vraiment, je ne vois pas qui pourrait lui en vouloir.

Les deux gendarmes mirent fin à l'interrogatoire et s'éloignèrent.

- Tu prends toujours autant de notes durant tes enquêtes ? demanda Eléonore en pointant du doigt le calepin.

- Oui, ça m'aide à mémoriser, répondit Damien d'un ton évasif comme s'il voulait éluder rapidement cette question.

- Tu n'es pas un bavard toi ?

- Disons que j'aime bien qu'on me fiche la paix, répondit-il sèchement.

La gendarme se dit que leur équipe ne partait pas sur de très bonnes bases. Déjà, à l'aller, ils n'avaient pas beaucoup parlé dans la voiture. Le chemin du retour à Rennes promettait d'être long. Après avoir discuté avec quelques techniciens, il s'avéra qu'ils n'avaient plus d'information à glaner ici pour ce matin. Ils décidèrent de rentrer pour continuer leur enquête au bureau.

***

A peine rentrés à la gendarmerie, les deux lieutenants durent faire un premier rapport au capitaine Philippe Luter qui supervisait le bon déroulement de cette enquête. Leur chef était un homme droit et dur. Avec sa musculature digne d'un catcheur, un crâne chauve et un regard noir, il impressionnait les hommes et femmes de la brigade. Par sa seule présence, il imposait le respect. Le premier compte-rendu fût très bref. De toute façon, avec le capitaine Luter, il valait mieux être direct et concis. Son bureau était à son image : les murs étaient d'un bleu électrisant sans aucune affiche et tous les dossiers étaient parfaitement empilés à côté de son ordinateur. Une fois le debrief fini, il se leva de son bureau, réajusta la veste de son costume bleu marine et dit :

- J'ai appelé la femme de Couvreur juste avant votre arrivée. Elle vous attend chez elle, à Betton.

- Comment a-t-elle réagi ? demanda Damien, intimidé par son chef.

- Comment voulez-vous réagir quand on vous annonce la mort de votre mari ?

Ce fut la seule réponse de Luter. Du regard, il les congédia.

Une fois dans le couloir, Eléonore s'adressa à son binôme en souriant :

- Pas facile le capitaine, hein ?

Damien ne répondit même pas et poursuivit jusqu'à leur bureau. Ils partageaient tous les deux la même pièce depuis que Damien était arrivé en Bretagne quelques jours plus tôt. Son côté paraissait d'ailleurs bien vide comparé à celui de sa partenaire. Une affiche de la série télévisée « *le saint* » trônait en bonne place derrière le fauteuil de la gendarme. Sous Roger Moore et son auréole, il y avait une dizaine de dessins d'enfants d'un goût plus ou moins douteux. Sur le bureau, un ordinateur et une multitude de dossiers et papiers éparpillés… Un vrai capharnaüm.

En fermant la porte, Eléonore poursuivit :

- C'est quoi ton problème ? T'es pas content d'être là, c'est ça ? Si c'est ça, il va falloir t'habituer et te mettre à causer un peu.

- Et toi, tu ne peux pas me foutre la paix, je suis là pour bosser, pas pour te taper la discut'.

- Putain, j'essaie juste d'être sympa et de détendre l'atmosphère mais si tu veux juste bosser alors bossons.

Elle se tut et s'installa à son bureau, sur lequel était posée une pochette où était noté : dossier Couvreur. Elle l'ouvrit et regarda le contenu : une simple fiche d'identité de la victime et de sa femme. Gabriel avait trente ans et était technicien en téléphonie. Un seul excès de vitesse à son actif. Sa femme s'appelait Jamila, elle avait vingt-neuf ans et travaillait pour un cabinet d'expert comptable. Tous les deux avaient une fille, Azia d'à peine un an. D'après ce dossier, il s'agissait d'une famille sans histoire. Qu'est-ce qui avait bien pu faire basculer celle-ci dans l'horreur ? Y-avait-il un rapport avec le géocaching, ou était-ce autre chose ?

***

15

Guillaume Morel était rentré chez lui, à Saint-Aubin-D'aubigné, en fin de matinée. Il n'avait pas eu le cœur à aller travailler aujourd'hui. Il avait appelé ses collègues de la rédaction d'Ouest France et avait suivi les allers et venues des gendarmes sur la scène de crime avant de prendre la route. Gabi, se disait-il, qui pouvait lui en vouloir ? Qui avait pu lui asséner un coup de roche sur la tête ?

Elodie fut bien surprise de le voir arriver si tôt. Elle était assistante maternelle et gardait actuellement deux enfants : Léo et Mathis. Ceux-ci n'avaient même pas vu Guillaume arriver, ils étaient bien trop concentrés sur leur pêche à la ligne.

- Que se passe-t-il ? demanda la nounou à son mari alors qu'il passait le seuil de la porte.

Il posa sa sacoche sur le meuble de l'entrée et répondit d'une voix triste :

- Gabriel Couvreur est mort, tu sais le géocacheur.

Elodie réfléchit un instant et questionna :

- Celui qu'on avait croisé, avec sa femme, sur une cache à Montgermont ?

- Oui, c'est lui.

- Pauvre bonhomme, que lui est…

- Tata, pipi, interrompit Mathis du haut de ses 2 ans.

- Oui, j'arrive.

La nounou laissa son mari pour aller s'occuper du petit. Guillaume retira sa veste qu'il posa sur le porte-manteau et se vautra dans le fauteuil du salon. La maison était spacieuse avec une belle pièce de vie très lumineuse et ses trois grandes baies vitrées. La décoration était moderne, tout en laqué noir et blanc. Deux grands fauteuils et un canapé gris faisaient face à une télévision aux grandes dimensions. Un peu de couleurs était apporté par une copie du tableau de Modigliani représentant Jeanne Hébuterne avec un large chapeau. Le journaliste regardait par la fenêtre, le soleil était au beau fixe en ce début octobre. Il repensait à sa matinée, de la découverte du corps jusqu'à son départ. Lui qui s'occupait essentiellement des actualités politiques, n'était pas vraiment un habitué des faits divers. Cependant, son instinct de reporter prenait le dessus. Si quelqu'un s'en prenait aux géocacheurs, il se devait de découvrir la vérité.

Elodie stoppa le cours de ses pensées. Elle était revenue et s'était installée dans le fauteuil en face de lui. Son mari lui raconta sa folle matinée. Ce à quoi elle conclut :

- Depuis le temps que je te dis d'attendre le weekend pour chercher des caches avec nous. Au lieu de ça, tu préfères t'aventurer seul à des heures indues. Je ne veux plus que tu y ailles seul, pas tant qu'un meurtrier court dans la nature.

- Je vais mener ma propre petite enquête, je dois découvrir ce qui est arrivé à Gabi.

- Ne va pas te mettre en danger inutilement.

- Je me dois de découvrir ce qui s'est passé, c'est plus fort que moi.

- N'oublie pas que tu as une femme et deux enfants…

- Pourquoi me dis-tu ça ?

- Parce que tu l'oublies bien trop souvent.

Un long silence prolongea le malaise provoqué par cette dernière phrase. Oui, Guillaume connaissait déjà le reproche que lui faisait Elodie. Il l'avait souvent entendu. Mais c'était plus fort que lui. Lorsqu'il y avait une nouvelle cache, une pulsion lui imposait d'aller la chercher rapidement. C'était aujourd'hui la même pulsion qui le poussait à enquêter, quitte à s'éloigner un peu plus de sa famille.

Ce fût Léo qui brisa le silence en se mettant à pleurer. Mathis venait de lui piquer son poisson. L'assistante maternelle dut reprendre du service. Guillaume en profita pour se rendre dans son bureau attenant au salon. Au mur, étaient accrochées quelques Unes célèbres d'Ouest-France : capitulation de l'Allemagne, marée noire de l'Erika ou encore le parlement de Bretagne en feu. De nombreux bonheurs et malheurs de ces dernières décennies. Le journaliste, s'installa à son bureau, prit la cigarette électronique qui trainait sur le meuble et commença à vapoter. Ce simple geste l'apaisa et la pièce s'emplit d'une douce odeur sucrée. Au fur et à mesure, il se détendit et finit par prendre un cahier vierge dans un des tiroirs. Il reposa sa cigarette et se munit du premier crayon qu'il trouva. Il s'agissait d'un crayon publicitaire pour une compagnie d'assurance. Puis, Guillaume ouvrit le cahier et se mit à écrire.

***

Les deux gendarmes arrivèrent rue de la Raimbauderie, à Betton, en début d'après-midi. Un silence absolu avait régné dans l'habitacle de la voiture durant tout le trajet. Ils trouvèrent sans problème la maison des Couvreur. Celle-ci était classique et ressemblait à beaucoup d'autres dans le quartier. Un détail permettait de la sortir du lot, ses volets étaient d'un rouge vif. Madame Couvreur les reçut dans la cuisine. Celle-ci semblait vieillotte avec ses vieux placards couleur chêne. Jamila, d'origine maghrébine, avait un visage rond et des yeux très noirs, renforcés par un bon coup de mascara. Celui-ci avait d'ailleurs un peu coulé sous les pleurs. Son nez était fin et ses lèvres avaient été maquillées d'un violet « pique les yeux ». Cette femme est plutôt jolie mais bien trop maquillée, pensa Damien. Tous les trois étaient installés autour d'une table ronde où trainaient quelques miettes de pain, souvenirs du repas du midi. Damien sortit son calepin et son crayon pour prendre des notes.

- Nous devons vous poser quelques questions, dit doucement Eléonore. Nous devons comprendre ce qui est arrivé à votre mari.

Les yeux de Jamila s'embuèrent de larmes et elle dut prendre un mouchoir avant de répondre d'une voix chevrotante :

- Je vous écoute.

- Votre fille fait la sieste ? demanda la gendarme.

- Elle est chez ma mère, nous serons tranquilles.

- A quelle heure est parti Gabriel cette nuit ?

19

- Un peu avant minuit, il était prêt à se coucher mais il a vu qu'une cache venait de paraître non loin, à Saint Sulpice.

- Il lui arrivait souvent de partir comme ça ?

- C'est arrivé quelques fois, lorsque les caches ne sont qu'à quelques kilomètres. Etre le premier fait toujours plaisir.

- Vous pratiquiez le géocaching ensemble ?

- Oui, de temps en temps, surtout lorsqu'Azia n'était pas encore née. Mais depuis qu'elle est là, Gabriel y va souvent seul.

- Vous avez votre propre compte ? interrogea Damien en levant le nez de son carnet.

- Non, nous avions le même compte. Je ne suis pas accroc comme l'était Gabi, c'est surtout lui qui pratiquait.

- Votre mari avait-il des ennemis au géocaching ou à son travail ?

- Non, il ne m'a jamais rien dit là-dessus.

- Avait-il des problèmes d'argent ? questionna cette fois Eléonore.

- Non, nous n'avions aucun problème de ce côté.

- Comment allait votre couple ? Sa passion n'empiétait pas trop sur votre relation ?

- Il était accroc mais savait être raisonnable, on a eu bien sûr quelques accrochages mais tout allait globalement bien.

- Etait-il préoccupé en ce moment ?

- Il était toujours stressé… c'était dans son tempérament. Un rien le paniquait.

- Quelque chose le stressait en particulier ?

- La naissance de notre fille l'a chamboulé.

- Oui, c'est un grand changement dans la vie d'un homme, répondit en souriant Eléonore. Revenons au géocaching, savez-vous qui a posé la cache du Nid-au-Merle ?

Jamila Couvreur réfléchit un instant avant de répondre :

- Non, je n'ai pas cette information mais je peux regarder sur le compte géocaching.

- J'ai regardé ce matin, dit la gendarme, il s'agit d'un certain Zeus.bzh. Ça vous dit quelque chose ?

- Non, je ne connais pas ce pseudo. C'est peut-être un nouveau géocacheur. Il y a des nouveaux adeptes très régulièrement.

- Pouvons-nous visiter le bureau de votre mari et votre chambre ?

- Gabriel n'a pas de bureau mais vous pouvez visiter la maison.

Sur ces paroles, les deux enquêteurs se levèrent et firent le tour des différentes pièces de la maison avec Jamila Couvreur. Ils s'attardèrent sur la chambre, qui était assez encombrée avec des livres dans tous les sens. Des récits de voyages, des livres pour se soigner au naturel, quelques romans, il y en avait pour tous les goûts. Les enquêteurs ouvrirent les quelques tiroirs d'un meuble qui faisait office de bureau et inspectèrent délicatement la garde-robe. Tout cela ne donna rien. Eléonore demanda à perquisitionner l'ordinateur familial. Bien qu'embêtée, la femme accepta. Revenus dans la cuisine, Damien demanda :

- Vous n'avez rien à ajouter qui pourrait nous aider ?

- Non, je ne vois vraiment pas ce qui a pu se passer. Si quelque chose me revient, je vous le ferai savoir.

L'interrogatoire prit fin et les deux gendarmes quittèrent le domicile des Couvreur avec plus de questions que de réponses. Dans la voiture, ce fut Damien qui brisa le silence.

- Décidément notre victime était blanche comme neige. Nous n'avons rien à nous mettre sous la dent.

- Tu l'as dit, bouffi, pourtant quelqu'un a trouvé une raison pour le tuer… et nous devons trouver ce mobile. Un petit tour à son travail pourrait peut-être nous aider.

Le gendarme ne répondit pas. La familiarité de sa coéquipière le gênait mais elle continua :

- J'espère que l'ordinateur va parler, ainsi que son téléphone que les techniciens décortiquent.

Nouveau silence. La route promettait d'être encore longue jusqu'à Cesson-Sévigné où travaillait Gabriel Couvreur.

***

Journal de Guillaume Morel
Jour 1

La mort de Gabi m'a bouleversé mais mon instinct de journaliste prend le dessus. Je dois découvrir ce qui lui est arrivé. Je dois découvrir qui lui a ôté la vie. Par où commencer ? Je ne suis pas vraiment habitué à ce type d'investigation. D'habitude, c'est plutôt les ficelles politiques que je démêle, pas celles des affaires criminelles. De toute évidence, le tueur savait que sa victime serait au Nid-au-Merle en pleine nuit.

Comment pouvait-il le savoir ?

En posant la cache lui-même ?

Cela sous entend que le meurtrier porte le pseudo de Zeus.bzh. Possible, mais les flics vont y penser aussi. Ils vont forcément creuser cette piste.

Il faut que je trouve un autre angle d'attaque. Quelque chose qu'ils ne savent pas déjà. Réfléchissons, l'assassin était forcément au Nid-au-Merle en même temps que Gabriel. S'il y était, ce devait être un géocacheur aussi.

Ou alors Gabi a vu ce qu'il ne fallait pas voir ? Dans ce cas, rien n'était prémédité et il est inutile de chercher dans son passé.

Je prends l'option une, le géocaching est la clé. Ça vaut le coup de commencer par là. Et je sais par quoi ou plutôt par qui débuter. Je décide d'aller voir son géo-copain : Roland Loisel alias Fantômas. Lui et Gabriel faisaient pas mal de sorties géocaching ensemble. Et cet après-midi, je pense savoir où trouver cet infirmier de cinquante-deux ans : au boulodrome de Saint-Gilles. Roland est un mordu de pétanque. Il habite cette commune avec sa femme Françoise et son fils Pierre. Anémone, sa fille vit du côté de Toulouse.

Le terrain de pétanque de Saint-Gilles est semi-couvert, ce qui est pratique pour jouer l'hiver. Mais aujourd'hui, tous les joueurs étaient sur la partie extérieure, au soleil. Parmi la trentaine de joueurs, j'ai facilement repéré ce grand costaud au crâne dégarni sur le dessus. Contrairement à ce que son visage dur et ses yeux bleus perçants pourraient laisser penser, Roland est adorable. On le surnomme plus Nounours que Fantômas. J'ai attendu qu'il tire une boule avant d'aller lui parler. Il m'a accueilli avec un grand sourire. Il ne semblait pas encore au courant pour son ami Gabi. J'ai dû attendre la fin de sa partie avant de lui annoncer la nouvelle. Malheureusement pour lui, il avait perdu treize à douze, sur le fil. Mais c'était toujours avec le sourire qu'il est venu me voir. On s'est assis sur un banc qui fait face au terrain et je lui ai annoncé le terrible évènement. Il ne savait vraiment pas. Je lui ai raconté ma matinée. Il était effondré. Je lui ai demandé s'il savait quelque chose. Il n'avait rien à me dire. Pourtant, je sens qu'il sait quelque chose et qu'il me le cache. Lorsque je lui ai demandé si Gabi avait des ennuis, ses yeux ont fui pour regarder ailleurs avant de me répondre par la négative. Mais je suis sûr d'avoir vu cette petite lueur dans ses yeux. Une petite lueur fugace mais qui signifie quelque chose, comme un lourd secret. J'ai insisté et lui ai reposé la question. Il ne faut pas hésiter à me parler, lui ai-je dit. Quelqu'un d'autre est peut-être en danger. Rien, Roland Loisel a tout gardé pour lui. J'ai dû me résigner. Je n'ai rien appris de plus aujourd'hui. Pourtant cet homme a une partie de la solution, j'en suis persuadé.

Quel secret y a-t-il entre Gabriel et Roland ?

Une idée m'a traversé l'esprit, peut-être que Françoise ou Jamila sait quelque chose ? Après avoir regardé l'heure, j'ai su que j'avais le temps de passer voir la femme de Gabi avant de rentrer à Saint-Aubin.

Elle m'a reçu avec un sourire timide et les yeux rougis. Jamila est magnifique même dans le chagrin. J'ai toujours eu un petit faible pour elle. On s'est installé dans la cuisine. Azia n'était pas là, sa grand-mère s'occupait d'elle. Je lui ai présenté mes condoléances et expliqué ma démarche. Elle m'a dit de laisser cela à la police. Si un tueur rôde, je ne devrais pas me mettre en danger. Ce discours a fait écho au sermon d'Elodie ce matin. Mais c'est plus fort que moi. Je me dois d'enquêter. Après quelques questions d'usage que la police a dû déjà poser, j'en suis venu à celle qui me brûlait les lèvres depuis le début : s'est-il passé quelque chose entre Roland et Gabi ? Jamila a réfléchi un instant et m'a dit qu'elle ne voyait pas. Elle n'avait pas entendu parler de ça. Depuis la naissance de leur fille, elle s'intéresse beaucoup moins aux histoires de géocaching. Gabi ne t'a rien dit ? Elle me répond par la négative. Si secret il y avait entre les deux hommes, celui-ci est bien gardé. Peut-être que Françoise sait quelque chose ? Je lui poserai la question demain. J'ai l'impression qu'il faut creuser de ce côté-là. J'ai laissé tranquille la veuve et je suis rentré chez moi. Cette journée a été riche en émotions. Faisons le point sur les questions en suspens avant de reprendre l'enquête demain :

Qui a tué Gabriel ?

Y-a-t-il un rapport avec le géocaching ?

Pourquoi le tueur se trouvait au Nid-au-Merle ?

Qui est Zeus.bzh ?

Quel secret y-avait-il entre Roland et Gabi ?

Comment découvrir ce secret ?

***

Damien était rentré dans son appartement de la rue de Dinan. Bien que petit, il était fonctionnel. La pièce de vie contenait un simple clic-clac bleu qui faisait face à une petite télé posée sur un meuble Ikea, une table également suédoise permettait de prendre les repas à coté d'une cuisine aménagée très sommaire. Une chambre et une salle de bains avec WC complétaient ce T2. Le gendarme s'assit devant la télévision allumée sur BFM. Il repensa à sa journée qu'il qualifia d'horrible. Sa nouvelle partenaire lui sortait par les yeux et leur enquête piétinait. Au travail de la victime, ils n'avaient rien découvert. Laurence Melville, la chef et une femme désagréable, ne leur avait rien appris. Gabriel Couvreur était un employé sérieux malgré ses quelques retards, sans doute dûs à sa passion. De nature réservée, il était très discret sur sa vie personnelle. Le genre de personne qui fait son boulot, un point c'est tout. Assis dans son canapé, il posa son ordinateur sur ses genoux et parcourut le site géocaching.com. Dire qu'il ne connaissait pas l'existence de cette pratique le matin même. Après avoir été contraint de créer un compte sous le pseudo Dam.B, il regarda la page dédiée à la cache du Nid-au-Merle. Celle-ci avait été posée par un certain Zeus.bzh. D'un simple clic, il put consulter le profil de cette personne. Celui-ci avait trouvé une vingtaine de caches autour de Rennes et en avait posé une seule, celle de Saint-Sulpice-la-forêt. Les techniciens de la gendarmerie avaient retrouvé facilement l'identité de ce pseudonyme. Il s'agissait d'un certain Olivier Loiseau, trente-huit ans, commercial. Il était convoqué le lendemain à la gendarmerie pour un interrogatoire. Bien que Damien doutait de l'avancée de l'enquête à l'issu de celui-ci, il espérait tout de même en apprendre un peu plus. Le gendarme continua d'explorer le site internet et en apprit davantage sur les différents types de cache. Les « traditionnelles » comme celle du Nid-au-Merle donnaient immédiatement les coordonnées de l'emplacement du trésor. Les « mystery » correspondaient à des énigmes à résoudre soit à la maison, soit sur place avant de disposer des coordonnées exactes. Les « multi-caches » permettaient en général de faire une promenade un peu plus longue, car le joueur devait se rendre à différents points pour y relever des indices avant de connaître l'emplacement du final. D'autres types venaient compléter ces trois principaux : « earthcache », « wherigo », « virtual », « letterbox »… Une chose intéressa particulièrement Damien, les « events ». Cela correspondait à des réunions de géocacheurs qui semblaient être organisées par d'autres joueurs eux-mêmes. Sur la carte des caches actives, ces évènements disposaient d'un petit logo rouge et il y en avait un à Rennes. En cliquant dessus, il put voir que l'event avait justement lieu le lendemain en début de soirée. Il était organisé par l'équipe Max&Juju. S'y rendre devrait être une bonne idée, pensa le gendarme. Certaines personnes présentes à ce rendez-vous devaient avoir connu la victime.

Il naviguait toujours sur le site internet lorsque son téléphone portable sonna. C'était Clara, sa compagne. Suite à la mutation de Damien en Bretagne, elle était restée habiter à Paris. Elle y travaillait comme secrétaire dans une agence de détective privé. En plus de se faire chier à Rennes avec une collègue qu'il ne supportait pas, rester loin de celle qu'il aimait l'anéantissait. Il lui avait promis de la rejoindre lorsqu'il aurait du temps libre mais, étant gendarme, celui-ci se faisait rare. Parler à Clara lui permit de retrouver le sourire et de bien finir cette journée.

***

- Audrey, à table !

Eléonore avait bien du mal à réunir ses deux enfants autour du dîner qu'elle venait de concocter : du hachis Parmentier Picard ! La fillette de neuf ans était vautrée sur son lit en train de regarder un épisode des Légendaires sur la tablette. Elle n'entendait même pas sa mère hurler. Pendant ce temps, Benjamin avait enfin réussi à lâcher ses Playmobil pour venir s'asseoir à table. Avec ses yeux bleus, ses jolies boucles blondes et son air angélique, il attendit sa sœur sans un mot.

- Bon, tant que tu es là, je vais te servir, lui dit Eléonore qui était bien fatiguée de sa journée.

Une fois le jeune garçon de six ans servi, la gendarme s'attaqua à son ainée. Elle monta les escaliers de la modeste maison et arriva dans la chambre où le rose dominait.

- On n'attend plus que toi.

- Oui, m'an, j'arrive, répondit la gamine distraitement.

- C'est maintenant, hurla Eléonore.

Cette fois, Audrey leva les yeux de la tablette et obtempéra. Elle avait bien compris qu'il ne fallait pas pousser.

- Tu sais maman, pas la peine de t'énerver, je serais venue.

Aucune réponse. Il était inutile d'en rajouter.

Le repas se passa très vite. Les enfants avaient tout englouti très rapidement avant de retourner à leurs occupations.

- Et tout le monde au lit dans vingt minutes, avait averti la gendarme.

Elle débarrassa la table et s'installa dans son canapé lorsqu'une petite voix vint lui demander :

- Tu viens me lire une histoire maman ?

Attendrie par cette proposition, elle accepta. Elle pourrait se reposer une fois les enfants endormis.

Après avoir lu pour la énième fois une histoire de pirate aux prises avec son perroquet et fait de gros câlins aux deux terreurs, Eléonore put enfin se détendre.

Tous les soirs, lorsqu'elle avait les enfants, c'était le même rituel. Mais elle aimait bien ces soirs. Ils étaient plein de vie et elle pouvait oublier l'espace d'un instant toutes les histoires sordides qu'elle affrontait au quotidien. Les semaines où

Audrey et Benjamin étaient chez leur père étaient des semaines bien tristes. Elle attrapa un DVD d'une de ses séries préférées, *Chapeau melon et bottes de cuir* et l'inséra dans le lecteur. L'épisode *Les fossoyeurs* n'était pas commencé depuis dix minutes qu'Eléonore s'était déjà assoupie, emportée dans ses rêves.

***

Vendredi 6 octobre 2017

Le jour venait de se lever sur la capitale bretonne lorsqu'Olivier Loiseau alias Zeus.bzh arriva à la gendarmerie nationale de Rennes. L'homme, âgé d'une bonne cinquantaine d'années, avait les cheveux gris et une barbe de trois jours, grise également. Un regard sombre et des traits tirés donnaient l'impression qu'il était de mauvaise humeur. Et il l'était. Tout comme Damien lorsqu'il avait revu sa partenaire en arrivant.

Tout le monde était entré en silence dans une salle d'interrogatoire peu éclairée. Les gendarmes avaient demandé au géocacheur de s'asseoir sur la chaise placée derrière une petite table en bois. L'assise était d'ailleurs très inconfortable, ce qui fit râler Loiseau.

- Si vous coopérez, vous ne resterez pas ici très longtemps, lui avait rétorqué Eléonore.

- Commençons alors. Que me voulez-vous ?

- Vous êtes sûrement au courant que nous avons découvert un cadavre au pied d'une cache que vous venez de poser. Gabriel Couvreur, vous connaissez ?

L'homme remua sur sa chaise pour trouver une position plus confortable. Prostré dans un coin, Damien observait en prenant des notes.

- J'ai entendu parler de cette histoire. Mais je ne connaissais pas ce pauvre homme.

- Il était pourtant connu des géocacheurs rennais, vous ne le connaissiez pas du tout ?

- Je viens de commencer cette activité, je n'ai trouvé qu'une vingtaine de caches.

- Quand et comment avez-vous connu ce loisir ?

Une nouvelle fois, il réajusta sa position sur la chaise.

- Nos questions semblent vous embêter mon cher Loiseau, dit soudainement Damien.

- Absolument pas, répondit immédiatement l'homme. Un collègue de travail m'en a parlé et j'ai trouvé ma première cache il y a moins de deux semaines.

- Vous êtes gérant d'une cave à vin à Rennes c'est bien cela ? demanda Eléonore.

- Oui. Depuis quatre ans, je gère ce commerce qui appartient à une franchise.

- Et vous êtes sûr de n'avoir jamais vu notre victime ? interrogea la gendarme en tendant un cliché.

Le caviste observa attentivement la photographie et répondit par la négative. Damien s'approcha, mit son carnet sur la table et posa une question qui le taraudait :

- Pourquoi avoir posé cette cache ?

Une nouvelle fois le géocacheur s'agita sur la chaise, puis il se gratta la barbe. Décidément, il ne semblait pas à l'aise depuis le début.

- J'allais souvent jouer au Nid-au-Merle étant gamin. Lorsque j'ai découvert le géocaching, je trouvais dommage qu'il n'y ait pas de cache là-bas. C'est donc naturellement que j'en ai posé une. Il n'y a pas de mal à ça.

Le gendarme reprit son calepin et griffonna quelques mots avant de commenter.

- Je ne sais pas pourquoi Loiseau mais j'ai du mal à vous croire. J'ai bien analysé votre comportement et vous semblez agacé par nos questions. Je comprends qu'être interrogé peut s'avérer impressionnant mais vous ne l'êtes pas, vous êtes gêné. Vous nous cachez quelque chose. Ce n'est peut être rien du tout. Ce n'est peut-être qu'un tout petit détail. Mais le diable est dans le détail comme on dit et c'est sur ces détails que nous résolvons des enquêtes, même les plus insolubles. Alors Monsieur, je vais vous poser une dernière question à laquelle vous devrez m'apporter une réponse : quel est ce détail ?

***

Journal de Guillaume Morel
Jour 2

Ce matin, j'ai repris mon enquête et j'ai contacté Françoise, la femme de Roland Loisel. Il faut que je trouve quel lien l'unissait à Gabriel. Françoise a été surprise que je l'appelle. Par chance, son mari était déjà au boulot. Après avoir échangé

32

sur la mort de Gabi, j'en suis venu à mes questions et le but de mon appel. Elle était effondrée et j'ai eu beaucoup de mal à obtenir des réponses. Je lui ai tout d'abord demandé si elle voyait qui pouvait en vouloir à son ami ? Décontenancée par ma question elle n'a pas répondu de suite. J'ai dû lui expliquer ma démarche. Une fois terminé mon monologue, elle m'a sorti une drôle de phrase. Elle m'a dit : ne te mêle pas de ce qui ne te regarde pas, tu pourrais te mettre en danger. J'ai tout d'abord cru qu'elle avait simplement peur pour moi puis en y réfléchissant après mon appel, ces mots m'apparaissent comme étant une menace. Oui, une étrange menace.

Au moment où j'écris ces mots je sens qu'un secret existe entre Gabriel, Roland et peut-être Françoise… Seule Jamila semble exclue de ce groupe. Ce secret a mis fin à la vie de Gabi. Je ne sais pas pourquoi mais je sens que j'ai le début d'une piste.

Mais par où continuer à creuser ?

Françoise me dit de laisser tomber.

Roland est muet comme une carpe.

Jamila n'est au courant de rien.

Pourtant quelqu'un va devoir parler. Il le faut. Pour que je puisse retrouver l'assassin.

Ce soir, un event de géocaching est prévu au parc de Beauregard de Rennes. Je n'avais pas prévu de m'y rendre mais si je veux découvrir la vérité, il faut que j'y aille. Il y aura d'autres amis géocacheurs de Gabriel et ils seront peut-être plus bavards, enfin je l'espère…

Cache évènement - Event – Apéro à Beauregard

Par Max&Juju

N 48° 07.877' W 001° 42.100

Hello les géocopains !

On vous propose une petite rencontre dans le parc de Beauregard.

Apéro, bonne humeur et discussion géocaching seront au rendez-vous de cet évènement.

Et n'oubliez pas vos GPS, une cache pourrait sortir pour l'occasion !!

Alors, nous vous donnons rendez-vous à 19h le vendredi 6 octobre.

On compte sur vous !!!

La voiture avançait lentement dans l'avenue Charles Tillon, bien encombrée à cette heure de la journée. Eléonore et Damien n'étaient pas satisfaits de leur journée d'enquête. L'interrogatoire de ce Zeus.bzh n'avait rien donné car l'homme était resté muet. Il n'y avait rien à en tirer. Pour les deux gendarmes, celui-ci leur cachait quelque chose, mais quoi ? Il leur fallait le découvrir. La perquisition chez Gabriel Couvreur n'avait pas été plus concluante. L'analyse des éventuelles traces sur les lieux du crime n'aboutissait pas. Ils en étaient au point mort. Eléonore, qui conduisait, prit l'avenue du Bois Labbé pour s'approcher du parc de Beauregard.

- J'espère que les géocacheurs présents pourront nous en dire plus, dit la gendarme.

- On verra bien, répondit simplement son coéquipier toujours aussi causant.

- Bon, nous sommes arrivés à destination.

La voiture était garée rue Fernand Robert et une petite marche les amena au cadran solaire du parc. Il s'agissait d'un cadran d'une centaine de mètre de long fait avec des dalles en ardoise posées au sol. A la base du cardan, on devait se tenir debout et regarder vers où portait notre ombre. De petits plots numérotés permettaient de connaitre l'heure. Quelques groupes étaient assis dans l'herbe pour discuter et boire un verre. Non loin de la demi-lune en ardoise formant la base du cadran, un groupe d'une vingtaine de personnes se tenait debout près d'une table dépliée. Sur cette table, quelques bouteilles, gâteaux et verres étaient disposés. Les gendarmes approchèrent et ils purent y reconnaitre Guillaume Morel, celui qui avait trouvé le corps la veille. Il était en grande discussion avec un autre homme aux cheveux crépus. Une grande brune au visage bronzé et aux cheveux longs les accueillit avec un joli sourire :

- Bonjour, vous êtes quelle team ?

- Gendarmerie nationale, dit sérieusement Damien.

Le sourire de la jeune femme disparut.

- Ah, vous venez suite à la disparition de Gabriel.

- Oui et vous devez être Juju ou Max ?

- Oui, Julie Hernandez. Max c'est lui.

Elle désigna un jeune homme, grand aux cheveux longs également. Celui-ci discutait avec deux femmes.

- Vous connaissiez la victime ? demanda Eléonore tandis que son équipier sortait son carnet et son crayon.

- Gabi, oui je le connaissais bien.

- Savez-vous s'il avait des problèmes ?

Juju hésita, Damien en profita pour ajouter :

- Soyez honnête, nous avons besoin de découvrir son meurtrier. Tout ce que vous pourrez nous dire, peut nous aider.

La jeune femme regarda au loin avant de répondre :

- Je ne sais pas si c'est important mais il y a quelques jours j'ai croisé Jamila, sa femme, au bras d'un autre homme.

Tiens donc, se dit Eléonore, le couple n'était pas si parfait que ça. Elle nous a bien menés en bateau.

- C'était qui ?

- Je ne sais pas. Je ne l'ai vu que de dos mais ce n'était pas Gabriel. Il était plus grand et semblait plus athlétique.

- Et vous êtes sûre que c'était un amant ?

- Ils se sont fait une longue étreinte avant de se quitter.

- Et c'était où ?

- Pas loin du parlement, rue Victor Hugo.

- Merci pour ces précisions madame, cela va certainement nous aider.

- Si vous voulez boire un verre n'hésitez pas.

- Avec plaisir, dit Eléonore, j'ai bien soif. Je prendrais bien un petit jus d'orange.

- Et vous monsieur ? demanda Julie à Damien.

- Rien, merci.

Pendant que Julie servait un verre, les gendarmes observaient les autres personnes qui discutaient. Il régnait une bonne ambiance et Damien se fit la réflexion que cette passion était bien éclectique : il y avait des jeunes et des plus âgés. Des femmes, des hommes, des enfants et même des bébés. Certains étaient en costumes, d'autres en jogging… Beaucoup de catégories socioprofessionnelles semblaient représentées mais tous parlaient avec passion de leur activité favorite.

Une petite femme, aux cheveux bruns coupés au carré, s'approcha de la table pour se servir un verre :

- Julie, tu le connais Kiwix ?

- Guillaume, oui… c'est lui qui a découvert Gabriel hier.

- Il n'arrête pas de poser des questions à tout le monde… Pour lui, c'est un autre géocacheur qui a fait le coup.

Eléonore s'approcha et s'adressa à la femme :

- Bonjour madame. Lieutenant Ramirel et voici le lieutenant Béranger.

Ce dernier s'approcha également, puis la gendarme reprit après avoir bu une gorgée de sa boisson :

- Nous enquêtons sur la mort de votre ami. Comment vous appelez-vous ?

- Alix Meunier, mon pseudo c'est Alix35.

Damien nota tout sur son carnet et sa collègue continua :

- Monsieur Morel vous a posé des questions ?

- Oui, il semble mener sa propre enquête. Il est journaliste, ça doit être naturel.

- Nous irons le voir tout à l'heure. Que savez-vous sur la disparition de monsieur Couvreur ?

- Je ne le connaissais pas beaucoup vous savez. Je l'ai croisé quelques fois sur ce genre d'évènements et c'est tout. C'était quelqu'un de très discret mais très sympathique.

- Il venait seul ou avec sa femme ? demanda Damien.

- Elle, je ne l'ai pas souvent vue. Il faut dire qu'avec une petite fille d'un an, il n'est pas facile de participer à ces events. Et puis, ça ne fait pas très longtemps que je pratique ce loisir.

- Merci pour vos précisions, dit Eléonore. Si quelque chose vous revient, n'hésitez pas à nous contacter.

Les deux gendarmes s'écartèrent de la table. Damien proposa de rencontrer Guillaume Morel. Sa coéquipière approuva après avoir terminé son verre qu'elle reposa sur la table. Le jeune journaliste était en grande conversation avec deux hommes lorsque les enquêteurs l'interrompirent.

- Bonjour monsieur Morel, commença Eléonore.

- Ah… bonjour, répondit le jeune homme surpris.

- Comment avance votre enquête ? demanda ironiquement Damien.

Le journaliste ne répondit pas. Le gendarme reprit donc :

- Sachez monsieur que c'est notre boulot d'enquêter. Nous vous demanderons donc de ne pas entraver notre enquête. Avez-vous des informations à nous communiquer ?

- Malheureusement non, dit simplement Guillaume.

- Il parait que vous posez beaucoup de questions… Vous êtes sûr de ne rien avoir à nous dire ?

- Je souhaite autant que vous retrouver le coupable. Si j'avais des informations capitales je vous en ferais part. Mais non, je n'ai rien découvert jusqu'à maintenant.

- Très bien, nous sommes donc d'accord. Nous vous demandons d'arrêter vos investigations, cela peut être dangereux pour vous. Et si vous souhaitez nous faire part d'une chose, appelez-nous. Aucune initiative, c'est bien compris ?

- Compris.

Les deux gendarmes prirent congé et continuèrent d'interroger les différents géocacheurs présents sans en apprendre davantage.

- Bon, il est temps de rentrer, dit Eléonore en regardant l'heure.

Cela faisait une bonne heure qu'ils étaient arrivés et elle devait récupérer ses enfants chez sa voisine. Son coéquipier approuva et ils se dirigèrent vers la voiture.

- Il faut qu'on réinterroge Jamila Couvreur. Elle nous a caché des choses, j'en suis sûr.

- Tu as raison, on va creuser cette piste mais méfions nous des préjugés. Et, nous devons avoir ce Morel à l'œil. Il peut foutre en l'air notre enquête.

Les deux enquêteurs arrivèrent à leur véhicule et se mirent en route.

***

- Allô ?

- Qu'est-ce qui s'est passé avec Gabriel ? Qu'est-ce qui a merdé ?

- Il devenait un peu trop bavard. J'ai dû m'en occuper.

- Et maintenant, on a la flicaille qui fouine.

- T'inquiète, ils ne peuvent pas remonter jusqu'à nous.

- Et l'autre fouille merde, Morel, il soupçonne quelque chose.

- Il ne m'inquiète pas.

- Je suis sûr qu'il va finir par nous démasquer.

- T'inquiète pas je te dis. Je contrôle la situation. S'il est un peu trop curieux, on le fera taire.

- Ne fais pas d'autres conneries.

- Et toi, ne me rappelle pas, on va laisser tout ça se tasser…

***

- Merci encore d'avoir récupéré les enfants, Servane.

- C'est à ça que servent les voisins ! Bonne soirée.

Eléonore ordonna à sa progéniture de rentrer à la maison, située juste en face. Heureusement que j'ai de super voisins, se dit-elle. Avec son métier et une séparation, il lui fallait toujours un plan pour garder les enfants. Et en plus, ils avaient déjà dîné, il n'y avait plus qu'à les mettre au lit. La gendarme ouvrit la porte et donna un nouvel ordre :

- Tout le monde en pyjama d'ici cinq minutes. On ne traine pas !

- On ne peut pas jouer un peu, réclama Audrey. Je ne suis pas fatiguée et il n'y a pas école demain.

- Non, il est tard. C'est dodo ! Et pas de « mais » !

Audrey soupira et monta dans sa chambre pour se préparer, devancée par son jeune frère. Une fois changés et les dents lavés, Eléonore leur lut une histoire dans la chambre de Benjamin puis ils se couchèrent après un énième câlin.

Enfin tranquille, elle se vautra dans son canapé, elle n'avait même pas le courage de dîner. Elle repensa à sa journée mais celle-ci n'avait pas été des plus fructueuses. Elle ne savait toujours pas quelle était la meilleure option. Etait-ce lié au géocaching, ou bien un crime passionnel ? Jamila en savait-elle plus qu'elle ne leur avait fait croire ?

Journal de Guillaume Morel

Jour 2

Cette petite réunion de géocacheurs a été utile. Malgré les menaces des flics, j'ai pu avancer et découvrir qu'il y a bien un secret entre Gabriel Couvreur et Roland Loisel. Les personnes sont restées discrètes sur le sujet mais il semblerait que d'autres joueurs soient impliqués. On m'a donné un autre nom : Alix Meunier. J'ai voulu l'interroger mais elle n'a pas été très bavarde. Un sacré bout de femme celle-là. Elle semblait agacée par mes questions. Elle sait quelque chose mais ne veut rien me dire elle aussi. Comment réussir à la faire parler ? Quel est le lien entre ces géocacheurs ? Y-en-a-t-il d'autres qui sont impliqués ? Il faut que je continue à enquêter et à trouver ce qui s'est passé. Demain, je retourne voir Roland et Françoise. Ils vont bien finir par me parler, non ? Ils détiennent une partie de la vérité, j'en suis sûr. Ils peuvent faire progresser mon enquête. En attendant, je vais passer la soirée avec ma femme et essayer de rattraper le coup.

Multi-cache - Espace naturel de Lormandière

Par Fantômas

Nord 48° 03.000   Ouest 001° 43.400

Un étrange lieu aux portes de Rennes : Le site de Lormandière, ancien site industriel.

Vous pouvez y voir : des fours, des bâtiments désaffectés et un très bel étang.

Grâce au substrat calcaire, vous observez une flore unique avec près de 260 espèces.

Cette richesse exceptionnelle s'accompagne de la présence de près de 50 espèces d'oiseaux en ce lieu étonnant.

Vous pourrez en apprendre davantage grâce à des panneaux disposés tout au long d'un sentier pédagogique réalisé par le Conseil Général. Celui-ci descend vers l'ancienne carrière de calcaire, aujourd'hui noyée, formant un magnifique plan d'eau rappelant les lacs de montagne.

Sur les panneaux ainsi disposés vous pourrez voir des portraits et des photos du site en activité.

Vous découvrirez un bâtiment en briques rouges qui a été construit en 1910 pour abriter les chaudières de la centrale à vapeur. A droite, il y a les citernes pour capter l'eau de pluie, et derrière, la cheminée du foyer. En effet, cela permettait l'assèchement de la carrière et de tirer les wagonnets de calcaire jusqu'au sommet des fours ! Vous pouvez les voir en contournant le site par la petite route à gauche à la sortie du parking, ils sont en très bon état de conservation.

Répondez aux questions en vous aidant des panneaux pédagogiques et à vous la cache !

L'homme gisait dans l'herbe auprès du chemin qui permettait de découvrir le site de Lormandière. Juste derrière ce triste spectacle, on pouvait voir l'étang et sa magnifique couleur turquoise. Pour un peu, on se croirait près d'un lac de montagne. Ici, la nature avait repris ses droits et le paysage semblait irréel. On pouvait oublier le béton et le bruit de la ville pourtant toute proche et profiter du silence. Eléonore et Damien arrivèrent sur les lieux en début d'après-midi. Un promeneur avait découvert le corps dans la matinée. Comme la semaine précédente, c'est Sergio, qui fit les premières constatations :

- Bon, la dernière fois que nous avons vu cet homme, il était bien vivant.

- Qui est-ce ? demanda la gendarme qui ne voyait pas le visage du mort, celui-ci gisant sur le ventre.

- Guillaume Morel, c'est lui qui avait découvert le corps de Couvreur.

- Fais chier, on l'avait pourtant prévenu, avait juré Eléonore en observant son coéquipier qui prenait des notes. Comment est-il mort ?

- Comme l'autre jour, un grand coup derrière la tête, avec cette bûche.

Il désigna un rondin de bois situé un peu plus loin et maculé de sang. L'équipe scientifique était justement en train de le ramasser.

47

- A quelle heure est-il mort ?

- Au petit matin, je dirais entre sept et huit heures.

Les gendarmes ne posèrent plus de questions. Depuis l'event du vendredi soir, l'enquête n'avait pas beaucoup avancé. Différents interrogatoires s'étaient succédé mais n'avaient rien donné. La femme de Couvreur n'avait pas confirmé les dires de Julie Hernandez et niait avec virulence avoir eu une aventure avec un autre homme. L'équipe technique n'avait fait part d'aucun élément nouveau.

- Nous n'avons pas encore retrouvé son téléphone portable, dit Sergio brisant le silence. Mais nous avons trouvé ceci.

Il tendit des feuilles aux deux gendarmes. Eléonore s'en saisit et les observa attentivement. Il s'agissait des notes de Guillaume. Elles semblaient être arrachées d'un cahier. Malheureusement, il n'y avait que les deux premiers jours de son investigation.

- Il n'y a que ça ? demanda la gendarme.

- Oui c'est tout ce que nous avons retrouvé, elles étaient éparpillées dans l'herbe.

- Bon, c'est déjà ça.

Elle lut les quelques pages avec Damien puis s'exprima :

- Alix Meunier, ce nom me dit quelque chose…

- Oui, elle était présente à l'event, répondit son coéquipier. Justement, elle semblait agacée par les questions de Morel.

- Je me rappelle bien, c'était la petite brune un peu excitée. On va la convoquer dès cet après-midi.

48

Les deux gendarmes remercièrent Sergio et laissèrent la scientifique ratisser les lieux.

***

Le capitaine Luter venait de passer un long moment au téléphone. Il avait dû annoncer la terrible nouvelle à Elodie Morel. A chaque fois qu'il avait à faire cela, c'était la même chose. Le proche en question n'y croyait d'abord pas, puis suivait un long moment de silence… Juste le temps de réaliser. Le temps de réaliser que le monde s'écroule autour de vous. Juste le temps de regarder ses deux enfants jouer et rire avec insouciance. Ensuite, venaient les pleurs. De longs sanglots. Puis, le temps des questions, la voix étranglée. Des questions qui restaient souvent sans réponse, dans un premier temps tout du moins.

Le gendarme passa ses deux mains sur son crâne chauve. Il fit le vide. Puis, il se remit d'aplomb et appela Béranger et Ramirel. Ils rentraient à Rennes pour interroger Alix Meunier. La suspecte numéro un à leurs yeux. Des officiers avaient été dépêchés pour la ramener à la section de recherches. Le capitaine leur ordonna de démêler cette affaire au plus vite. Ils avaient déjà deux morts sur les bras et les journalistes étaient sur le qui-vive. Le procureur mettait la pression pour trouver un coupable et vite.

***

- Bien, nous n'allons pas y aller par quatre chemins. Où étiez-vous ce matin entre sept heures et huit heures ?

49

Eléonore était tendue. Luter leur mettait la pression et il était déjà dix-sept heures passées. Encore une fois, Servane allait devoir récupérer les enfants et s'en occuper. Elle ne savait pas jusqu'à quelle heure, ça pouvait être long.

- J'étais sur la route. Je suis commerciale et j'avais rendez-vous à huit heures à Redon. Je suis partie un peu avant sept heures de chez moi.

Damien nota tout sur son carnet. Avec son équipière, il faisait face à Alix Meunier. Tous les trois étaient assis autour de la table, au centre de la petite salle d'interrogatoire.

- Nous vérifierons cela, dit la gendarme.

- Pouvez-vous nous parler de Guillaume Morel ?

- Pourquoi lui ? Il lui est arrivé quelque chose ?

- Oui, quelqu'un lui a brisé la nuque ce matin pendant que vous étiez sur la route, soi-disant.

- Oh, je n'ai rien à voir avec ça moi. Je ne le portais pas vraiment dans mon cœur, c'est vrai, mais je ne l'ai pas tué.

- Vous ne l'aimiez pas, pourquoi ?

- C'était un dragueur un peu lourd… à mon avis il ne baisait pas que sa femme.

- Comment ça ?

- Il m'a fait des avances et j'ai dû le repousser à plusieurs reprises. Malgré ça, il continuait à tenter sa chance.

Damien repensa à ce qu'avait annoncé Julie Hernandez sur Jamila et il prit la parole :

- Il a fait des avances à d'autres filles ?

- Je pense que oui.

- Jamila Couvreur par exemple ?

Alix soutint le regard inquisiteur du gendarme et hésita avant de finalement répondre :

- J'imagine mais je n'ai pas de preuve.

Eléonore qui avait observé la scène reprit le cours de l'interrogatoire :

- Pourquoi avoir hésité pour répondre à cette question ?

- C'est que… je ne sais pas vraiment s'il chauffait toutes les filles comme avec moi c'est tout.

- Revenons à vous madame Meunier.

- Mademoiselle s'il vous plait !

- Si vous voulez, s'agaça la gendarme. L'autre jour vous sembliez gênée par les questions que posait Morel, pourquoi ?

Une nouvelle fois, Alix hésita. Un silence s'installa dans la pièce. Puis, elle répondit :

- Il m'énervait à interroger tout le monde comme un flic. Chacun son boulot, merde. Et voilà où ses questions l'ont mené… A la morgue.

- Vous n'aviez donc rien à vous reprocher ?

- Non, pourquoi ?

Posée devant les gendarmes, il y avait la copie du journal de Guillaume Morel. Eléonore s'en saisit et la tendit à leur suspecte. Ce fût Damien qui prit la parole.

- Il semblerait que Monsieur Morel ait fait le rapprochement entre vous, Gabriel Couvreur, notre première victime et un

51

certain Roland Loisel que nous n'avons pas encore eu le loisir de rencontrer.

Alix Meunier resta muette, alternant son regard entre les écrits de Morel et les visages des gendarmes.

Eléonore sut à cet instant qu'ils touchaient au but. Il ne restait plus qu'à remonter ce fil pour découvrir la vérité. Elle regarda l'heure et se dit que ce n'était pas ce soir qu'elle profiterait de ses enfants…

***

Damien venait de passer une heure avec Clara au téléphone. Il était presque minuit et l'interrogatoire d'Alix Meunier tournait en rond. Il était fatigué mais ne souhaitait pas rentrer chez lui pour se retrouver seul. Sa femme, lui manquait tellement. A Paris, il appréciait de la retrouver tous les soirs après des journées de boulot harassantes. Ce soir, il n'avait pas le cœur à se morfondre chez lui. Sur la pression de Luter, il avait décidé de mettre les bouchées doubles pour trouver ce qui unissait Meunier, Loisel et Couvreur. Eléonore était déjà rentrée chez elle et il se trouvait seul dans le bureau. Roger Moore avec son auréole observait Damien qui pianotait sur son ordinateur des tas de mots-clés pour essayer de trouver le lien. Il se frottait les yeux entre chaque recherche pour se maintenir éveillé. Il allait régulièrement chercher un café, puis un autre et encore un autre… Ses paupières avaient du mal à rester ouvertes, lorsqu'il découvrit enfin quelque chose d'intéressant.

Il venait d'atterrir sur un forum pour les bretons qui se nommait *Les géocacheurs à l'Ouest.* Il y avait une catégorie nommée « OVS », sous-entendu « On Va Sortir ». Celle-ci permettait à certains joueurs de se donner rendez-vous. Or, le 23 septembre dernier il y avait eu un OVS organisé justement avec Alix35 soit Alix Meunier, Fantômas soit Roland Loisel, Gabi35 soit Gabriel Couvreur et un certain Valiro qui semblait en réalité s'appeler Lino. Il n'avait pas plus d'information à son sujet mais cette découverte était très intéressante. Ces quatre géocacheurs s'étaient donné rendez-vous sur une cache située au château du bordage à Ercé-près-Liffré.

Enfin une bonne nouvelle, se dit Damien. Luter va être content. Il fit un rapide topo par mail à son supérieur et mit en copie sa coéquipière, persuadé qu'elle ne verrait ce mail qu'à son arrivée au bureau dans quelques heures. La question qui trottait désormais dans la tête du gendarme était : que s'était-il passé à ce rendez-vous ?

***

Vendredi 13 octobre 2017

Lino Rinaldi habitait une petite maison située au Rheu, rue des Amours d'Antan. Il s'agissait d'un bel homme au teint mat. Cheveux épais et sombres. Barbe fournie. Yeux très foncés. Il était professeur d'Italien au lycée Victor et Hélène Basch de Rennes. Robin, son fils de cinq ans et Valérie, sa femme étaient encore devant leur petit déjeuner lorsqu'il sortit de chez lui pour se rendre au travail en bus. Le soleil n'était pas encore levé, la luminosité était faible mais il faisait beau. Lino pensait à la mort de son ami Gabriel. Toute cette histoire le préoccupait tellement qu'il ne remarqua pas la voiture qui le suivait dans la rue. Il marchait tranquillement jusqu'à l'arrêt de bus situé mail Gaston Bardet. La voiture continuait de le filer tous feux éteints. Tout était très calme. La ville se réveillait doucement. Il ne croisa personne. Soudainement un homme sortit du véhicule et s'approcha de Lino par derrière. Pris d'une sensation étrange, Rinaldi se retourna vivement et se retrouva nez-à-nez avec un homme cagoulé pointant une arme sur lui. Ni une, ni deux, le professeur ne se posa pas de question et poussa violemment l'importun qui trébucha et se retrouva au sol. Profitant de cette confusion, Lino partit à grandes enjambées dans les rues désertes. Le conducteur de la voiture ayant suivi la scène, n'attendit pas que son copain se relève pour partir à la poursuite de leur proie. Mais celui-ci était malin, il était passé entre deux immeubles et ne pouvait pas être suivi en voiture. Cependant, l'agresseur, qui avait repris ses esprits, se releva et se mit à courir. Lino était affolé, où aller ? Il continuait de courir comme un dératé sans se retourner. Il ne savait pas à quelle distance se trouvait son poursuivant. Il passa quelques immeubles et prit un chemin à droite.

Ne pas réfléchir.

Courir.

Se sauver.

Il arriva à un croisement, prit à gauche. Il en profita pour jeter un coup d'œil derrière. Son assaillant était à une bonne trentaine de mètres. Un nouveau carrefour. Lino prit tout droit. Il commençait à s'essouffler. Pourvu que l'autre homme aussi… et qu'il lâche l'affaire. Le professeur déboucha sur une rue et manqua de se faire renverser par une voiture. Il trébucha mais réussit tant bien que mal à garder l'équilibre. Le conducteur du véhicule n'y prêta pas attention. Il avait filé comme le vent. Lino donna un nouveau coup d'œil derrière. Son agresseur était toujours là. Il traversa la route. Le chemin piétonnier continuait de l'autre côté. Il le prit en redoublant d'efforts. Il commençait à avoir chaud. Trop chaud. Ses pieds le brûlaient également. Il faut dire qu'il n'était pas vraiment équipé pour courir un marathon.

Ne pas réfléchir.

Courir.

Se sauver.

Le chemin lui paraissait interminable. Il fallait trouver un endroit où se cacher. Où ? Quelqu'un pour l'aider. Qui ? Il trouva une autre rue qu'il traversa sans regarder la circulation. Il se retourna mais l'homme n'était plus à ses trousses. Il avança tout de même dans un petit parc arboré puis jeta un coup d'œil en arrière. Non, personne. L'homme avait abandonné.

Soulagé, Lino s'adossa à un arbre. Il essuya son front d'un revers de main. Toute cette histoire prenait une trop grosse ampleur. Gabriel était mort. Qui d'autre maintenant ? Alix ? Roland ? Lui ? Il s'assit au pied de l'arbre. Qui allait être la prochaine victime dans cette affaire ? Et sa famille ? Il devait la protéger de tout ça. Valérie n'était au courant de rien. Et Robin ?

Valérie ?

Robin ?

Merde ! Ils devaient être en danger ! Si l'homme avait abandonné, c'est qu'il avait trouvé une autre cible… Une proie plus facile. Qu'allait-il leur faire ? Lino se redressa vivement et repartit à toute allure.

Ne pas réfléchir.

Courir.

Les sauver.

***

Damien et Eléonore faisaient face au capitaine Luter. Ils étaient installés dans le bureau de ce dernier et venaient de faire le point sur la situation. Pour eux, plus de mystère tout était lié à cette sortie géocaching du mois de septembre. Il restait désormais à découvrir ce qui s'était passé au château du bordage. Seuls Alix Meunier, Roland Loisel et Lino Rinaldi pouvaient les aider à comprendre. Alix Meunier était déjà en salle d'interrogatoire. Les deux autres allaient être convoqués dans la matinée à la section de recherches. Le capitaine était de fort mauvaise humeur, il était sous pression et ses supérieurs attendaient des résultats rapidement !

- Continuez avec Madame Meunier, elle finira bien par craquer.

- On tourne en rond depuis hier soir avec elle, répliqua la gendarme. Rien à tirer de cette fille là.

- Eh bien insistez ! aboya Luter.

Inutile d'en rajouter. Les deux lieutenants se regardèrent puis s'éclipsèrent de la pièce en silence.

- J'espère que les deux autres seront plus bavards, dit Eléonore dans le couloir.

- Et si on faisait fausse piste, dit Damien. Je me suis peut être emporté pour rien avec cet « OVS ».

- Peut-être, mais c'est la seule piste sérieuse que nous avons depuis le début. Nous devons savoir ce qui s'est passé ce jour là. Bon, renchérit Eléonore, en attendant les deux autres larrons, on va boire un café.

- Hum, fit Damien avec une moue.

- Allez, détends-toi. C'est si terrible que ça de travailler avec moi ?

Le gendarme esquissa enfin un sourire.

- Ah bah voilà, lui dit sa coéquipière. On va peut être réussir à s'entendre finalement.

- Allons prendre ce café, ça me fera du bien.

Ils se dirigèrent vers la salle de pause équipée de mange debout et d'une machine à café. Après s'être servi leurs breuvages, Eléonore parla de ses enfants. Elle regrettait de ne pas les voir davantage… En même temps, les soirs avec eux étaient fatigants et elle était quand même contente quand ils partaient chez leur père. Ils y allaient d'ailleurs le soir même pour la semaine. En parlant d'elle, elle tentait de briser la glace avec son partenaire mais celui-ci était un coriace et parla peu de sa vie personnelle. Si bien que la discussion tourna au monologue devant les yeux hagards du gendarme. Elle se demandait même si celui-ci l'écoutait vraiment… Enfin peu importe, au moins elle avait fait un pas de plus vers lui… Ce sera à son tour maintenant de se rendre agréable.

***

Lino, le cœur battant à tout rompre, courait comme un dingue en direction de sa maison. Il n'avait qu'un seul objectif, sauver sa femme et son fils. Malheureusement pour lui, il ne poursuivait pas le bon objectif. En effet, il se jetait dans la gueule du loup. Arrivé au croisement de la rue des Amours d'Antan, il tomba dans le traquenard. Ses deux agresseurs l'attendaient tranquillement et l'assommèrent d'un violent coup de poing au visage sans qu'il ne se rende compte du piège tendu. Les deux hommes le transportèrent, complètement KO, dans une voiture sombre et démarrèrent en trombe.

A deux pas de là, Valérie se fâchait contre Robin qui ne voulait pas se laver les dents et qui restait traîner dans le salon à jouer avec ses petites voitures.

- On part à l'école dans un quart d'heure et il faut encore te brosser les quenottes et t'habiller ! Dépêche toi, répéta pour la énième fois la maman excédée.

Après ce nouveau rappel, le petit garçon céda enfin.

- Je pourrais rejouer avant de partir ? demanda-t-il.

- Si tu fais vite, répondit sèchement sa mère.

Tandis que Robin s'habillait et que Valérie finissait de ranger la cuisine, on frappa à la porte. La jeune femme s'approcha. Avant de l'ouvrir, elle s'observa dans le miroir de l'entrée, puis passa la main dans ses jolies boucles blondes pour bien les remettre en place. C'était une jolie femme. Une très jolie femme. Un mètre soixante-dix. Yeux bleu. Silhouette fine mais avec les formes qu'il faut. Valérie Rinaldi passait rarement inaperçue aux yeux des hommes. Et ce n'est pas l'officier boutonneux qui était derrière la porte qui dirait le contraire. Avec sa petite robe blanche qui lui arrivait juste au dessus du genou et dévoilait ses belles et fines jambes, le jeune gendarme avait du mal à balbutier les quelques mots qu'il avait à prononcer.

- Bon…jour, je suis venu pour M. Rinaldi, parvint-il difficilement à sortir en montrant sa carte.

- Comment ça ? demanda la jeune femme inquiète. Que lui est-il arrivé ?

Derrière le jeune officier, un gendarme féminin finit par prendre la parole :

- Ne vous inquiétez-pas madame. Nous souhaitons qu'il vienne à la gendarmerie pour témoigner dans le cadre d'une enquête. Les meurtres de Gabriel Couvreur et Guillaume Morel.

Valérie observait attentivement les deux gendarmes. Le petit jeune devait avoir tout au plus vingt-cinq ans. Il était grand et sec avec des cheveux blonds. Sa coéquipière, en revanche, était plus âgée. La bonne cinquantaine, les cheveux légèrement grisonnants et un visage marqué.

- Il est parti au travail.

- Où peut-on le trouver ?

- Il est professeur au lycée Victor et Hélène Basch de Rennes. Il est parti, il y a près d'une demi-heure.

- Très bien, nous le trouverons là-bas, conclut la gendarme devant le jeune officier toujours muet. Il ne lui manquait plus qu'un filet de bave pour parfaire le spectacle, s'amusa sa collègue.

***

Roland Loisel était arrivé à la gendarmerie en milieu de matinée, accompagné de deux gendarmes. Il n'avait même pas pu terminer son service à l'hôpital et avait dû obtempérer sans même prendre le temps d'une douche. Ce grand gaillard pourrait presque rivaliser avec Luter, se dit Eléonore en arrivant dans la salle d'interrogatoire. L'homme au crâne chauve se tenait assis au milieu de la pièce, face à une table. Damien sortit son calepin et s'apprêtait à écrire tandis que sa coéquipière commençait le jeu des questions-réponses avec les questions d'usage. Une fois passées ces quelques formalités, les interrogations devenaient plus précises.

Ses alibis pour les deux meurtres ? En service au moment des faits.

Ses relations avec les victimes ? Peu, hormis le géocaching.

Des rivalités entre joueurs ? Aucune, tout le monde il est beau, tout le monde il est gentil.

Alix Meunier ? Connaissance de géocaching, c'est tout.

Lino Rinaldi ? Même chose.

La sortie au château du bordage ? Silence.

- Puis-je vous reposer la question monsieur Loisel, que s'est-il passé lors de la sortie au château du bordage ?

- Rien, susurra l'homme.

- Rien ?

- Non, une sortie géocaching comme les autres, rien de plus.

Damien s'approcha et regarda Loisel dans les yeux.

- Pourquoi avoir hésité à cette question ?

- J'ai été surpris voilà tout. Que vient faire cette sortie dans cette histoire ?

- Morel avait un carnet sur lui. Il avait fait une découverte. Celle-ci concernait quatre géocacheurs : Gabi87, Valiro, Alix35 et Fantômas. Ces quatre-là étaient présents ce jour précis, à l'OVS du château du bordage. Que s'est-il passé là-bas ?

Nouveau silence.

Comme avec Alix Meunier, l'interrogatoire tournait en rond.

Un secret unissait ces personnes.

Nul n'osait parler.

Omerta.

***

Lumière.

Les yeux de Lino s'entrouvrirent péniblement. Il était aveuglé par une lumière et sa tête lui faisait mal. Il referma les paupières puis tâta autour de lui. Sur son côté gauche, il était allongé sur un sol lisse. Lisse et froid.

Nouvelle tentative.

Il ouvrit doucement les yeux. Un œil après l'autre. Il avait la tête baissée. Il vit un sol gris. Non… un sol gris sous une plaque transparente…

Où était-il ?

Il s'habitua lentement à la luminosité. Une lumière blanche, aveuglante, désagréable. Lino redressa la tête. Un projecteur situé au plafond venait droit sur lui. Il bougea doucement son corps. S'appuya sur son bras gauche et s'assit. Il observa autour de lui. A droite. A gauche. Derrière. Au dessus.

Où était-il ?

Il avait déjà un début de réponse. Il était piégé. Pris dans une cage en verre. Oui, autour de lui tout était fermé et transparent. Le projecteur était de l'autre côté de la cloison. Mais à part cette source de lumière, tout était sombre. Lino ne put rien voir à part les contours de sa prison. Quatre mètres par deux au sol environ. Peut-être deux bons mètres de hauteur. A peine vingt mètre cubes. C'est déjà pas mal pour une cage.

Après cette découverte, Lino se demanda qui avait pu faire ça.

Pourquoi l'enfermer dans un pareil endroit ?

Que voulait-on de lui ?

Où était-il ?

***

La salle de réunion était un peu petite pour faire entrer l'ensemble des officiers mobilisés. Sur les murs, des affiches vantaient les mérites du métier de gendarme. « Devenir gendarme, être acteur de sa vie… pour celle des autres », annonçait-elle. Pour celle des autres, oui mais pas pour sa famille, pensait Eléonore, le regard plongé dans celui des officiers du poster. Avec ce métier, elle ne voyait pas ses enfants grandir. L'idée de tirer sa révérence lui avait souvent effleuré l'esprit mais elle savait ce qui la poussait à rester. La soif de vérité. Celle-ci était née lors de son adolescence. Elle n'avait pas quinze ans ce soir d'été. Un quatorze juillet pour être précis. Avec ses parents ils étaient allés voir le feu d'artifice comme des milliers de familles ce jour là. Celui de Nantes était toujours très beau, ce soir là il le sera également. Elle avait vécu toute sa jeunesse dans cette ville qu'elle appréciait particulièrement. Il faisait chaud, beaucoup de monde était venu voir le spectacle. La foule, la chaleur… Eléonore avait été prise d'un malaise qui avait contraint la famille Ramirel à rentrer avant que la première fusée ne soit lancée. Dans la voiture la ramenant à la maison, son frère Alexandre lui avait jeté des regards noirs. Il avait cinq ans de moins et était très déçu de rater ce spectacle. La fenêtre ouverte pour aérer, Eléonore s'était sentie mieux. Au loin, on pouvait entendre les fusées qui éclataient lorsqu'ils étaient arrivés à la maison. Le véhicule garé dans l'allée, devant l'entrée, Agnès Ramirel sortit de la voiture et aida sa fille à en faire autant. De son côté, Alexandre fut aidé par son papa. En s'avançant, la mère de famille avait sursauté. La porte principale était entrouverte et la serrure défoncée. En silence, elle fit un signe à son mari. Mais celui-ci ne l'avait pas regardée. Elle s'était avancée tout doucement, et avait passé la tête par l'entrebâillement de la porte. Tout semblait désert. Aucune lueur. Elle avait pénétré dans la maison, seule, laissant Eléonore sur le seuil. Derrière la porte se tenait une silhouette qui tenta de l'assommer avec un objet. Alerté par ce bruit, Marius Ramirel entra à son tour en demandant aux enfants d'aller se cacher dans la cabane du jardin. Alexandre et sa sœur obéirent sans faire d'histoire. Ils étaient complètement affolés. Ils n'étaient pas arrivés dans le cabanon, qu'ils entendirent un coup de feu plus fort que la pétarade du spectacle pyrotechnique. Après un moment qui leur avait semblé une éternité, Marius vint enfin les chercher. Il était chancelant et couvert de sang. Il s'assit auprès des ses enfants et les serra bien fort contre lui. Les larmes perlaient à ses yeux. Il leur souffla alors tendrement : maman est partie…pour toujours.

Le lendemain avait été un jour sombre. Pourtant, le soleil resplendissait sur la ville « Canaris ». Marius et les enfants avaient dû expliquer ce qui s'était passé aux gendarmes. C'est comme ça qu'Eléonore avait su que son père s'était battu avec les deux cambrioleurs. Un des deux avait menacé de tirer si on ne les laissait pas s'échapper. Le père de famille n'avait pas vu le pistolet mais son épouse oui. Elle avait tenté de l'attraper mais en se débattant avec le malfrat, un coup était parti... directement dans la poitrine de la pauvre jeune femme. Profitant de la stupeur qui avait suivi, les deux importuns s'étaient échappés laissant Marius figé aux pieds d'Agnès. Après des semaines d'enquête, il avait été impossible de trouver les coupables et l'affaire fut classée. Les dossiers avaient été archivés et plus personne n'y retoucha au plus grand désespoir de la famille Ramirel.

C'est à cette période là qu'Eléonore avait pris sa décision. Elle ne voulait pas que des familles restent dans ce grand désespoir. Elle voulait retrouver les coupables. Tous les coupables ! Elle ne voulait pas un jour regarder un enfant et lui dire qu'elle classait l'affaire faute d'éléments. Qu'on ne retrouvera jamais celui ou celle qui a fait du mal à sa maman ou son papa. Non, elle ne souhaitait pas en arriver là un jour. Et c'est en repensant à son histoire, à ce terrible soir de juillet qu'Eléonore Ramirel trouvait la rage de poursuivre le combat au sein de la gendarmerie.

Elle détacha son regard de l'affiche de recrutement pour le diriger vers l'écran où la photo de Lino Rinaldi était placardée. Alix Meunier et Roland Loisel n'avaient pas parlé. Impossible de savoir ce qui s'était passé au château du bordage. D'après leurs dires, il s'agissait d'une simple sortie géocaching. Rien d'extraordinaire. Mais les deux lieutenants le sentaient, il y avait autre chose. Et jusqu'ici ils n'arrivaient pas à percer ce secret. Un troisième larron pouvait leur en apprendre davantage, il s'agissait de Lino Rinaldi. Les yeux sombres de ce beau brun fixaient Eléonore. Il avait un air sévère mais semblait très séduisant, si on aime le genre italien. Cet homme était introuvable depuis ce matin. Il n'était pas chez lui. Il ne s'était pas présenté à son travail non plus. Il n'en fallait pas plus pour faire de lui le suspect numéro un dorénavant. Un appel à témoin avait été lancé. La triangulation de son téléphone ne donnait rien pour le moment. Il était parti de chez lui à pied et pouvait être n'importe où. Un grand nombre de fonctionnaires était mobilisé, c'était la priorité ! Le briefing de Luter était maintenant terminé et chacun savait ce qu'il avait à faire. Pour les lieutenants Ramirel et Béranger, il fallait faire parler les deux autres suspects et vite.

Tout le monde était maintenant sorti de la salle, sauf Eléonore et Damien.

- T'en penses quoi Damien ?

- Je pense qu'on va perdre notre temps. On devrait nous aussi rechercher ce Rinaldi.

- Attendons de voir si les autres avancent sur ce point. Mais moi j'ai une autre idée.

- Quelle est-elle ?

- Une petite virée au château du bordage ce soir ça te dit ?

Le gendarme se gratta la tête puis répondit :

- Je te suis sur ce coup là. Nous allons sûrement y trouver quelque chose !

***

Après une inspection minutieuse des parois, Lino n'avait découvert qu'une seule porte bien verrouillée. Toute cette histoire finirait mal. Gabriel avait eu raison finalement. Mais de là à finir enfermé comme une vulgaire bête. Pourquoi lui ? Les autres étaient-ils tombés dans le même guet-apens. Peut-être que de l'autre côté se trouvait Alix ou Roland. L'italien tournait comme un lion en cage. Il faisait les cents pas le long des murs de verre. De temps en temps, il s'arrêtait et se collait à la vitre pour voir de l'autre côté. Mais rien, tout était sombre et il ne semblait pas y avoir d'activité. Que faire ? Attendre bêtement qu'on vienne le torturer ou l'exécuter… Non, ils ne vont pas me tuer, se dit-il, ils n'auraient pas eu besoin de toute cette installation. Depuis combien de temps était-il là ? Il ne le savait pas. Bizarrement, il ne ressentait ni faim, ni soif. Son pouls était normal. Il n'était étrangement pas paniqué. L'avait-on drogué pour le rendre plus loquace ? Il s'écarta d'un mur, retira sa veste et retroussa les manches de sa chemise. Non, pas la moindre trace de piqûre. Il fit de même avec son pantalon. Rien sur les jambes non plus. L'avait-on forcé à boire quelque chose ? Il ne s'en souvenait pas. Avec la lumière qui l'éblouissait de plein fouet, il commençait à avoir chaud et des perles de sueur apparurent sur son front. Il marcha vainement dans la pièce à la recherche d'un peu d'air frais. Une silhouette apparut devant lui. Elle était floue. Elle s'approchait de lui lentement. Très lentement. Le sol était humide. Le sable glissait sous ses doigts. Il était comme happé par le sol. Il tombait. Cette chute le fit crier. Fort. Encore plus fort. Il était trempé de sueur. Depuis combien de temps glissait-il dans le vide. C'était interminable. Il était emporté dans les méandres de l'univers. La silhouette flottait à ses côtés. Elle riait. Un rire mauvais. Un rire qui fit frissonner Lino. Il avait froid. Il avait la chair de poule. Il tentait de s'agripper à la paroi mais continua de tomber malgré lui. Il se réchauffa les mains en soufflant dessus. Soudain, il toucha le sol. Mais il ne s'était pas écrasé. Il avait atterri doucement comme une plume qui rejoint la terre. Il se releva et vit quelqu'un lui courir après. Alors il se mit à courir comme un dératé. *Rien ne sert de courir Lino.* Il s'arrêta. *Ils sont déjà pris au piège.* Non, cria-il. Que voulez-vous ? La sueur coulait sur son visage. Il déchira sa chemise et répéta la question. Que voulez-vous ? Il n'eut aucune réponse. Il regarda autour de lui. Il n'y avait personne. Il ne savait plus où il était. Tout était blanc. D'un blanc immaculé. Alors il cria plus fort.

Que voulez-vous ?

***

- Délire paranoïaque Jim, comme vous l'aviez prévu.

- Parfait, répondit la voix dans le combiné. On le laisse tranquillement reprendre ses esprits et il sera mûr pour la phase deux.

- D'accord, on vous tiendra au courant de l'évolution.

- Et surtout pas d'initiative personnelle. On s'en tient au plan et tout se passera bien. Il va falloir être malin et ne pas se découvrir. En tout cas, pas tout de suite.

- Bien reçu, chef.

- Appelez-moi quand il sera prêt.

- On n'y manquera pas.

***

Le soleil déclinait tandis que la Mégane d'Eléonore traversait le bourg d'Ercé-près-Liffré. Ils avaient laissé l'église Saint-Jean-Baptiste derrière eux et continuaient dans l'avenue de l'Illet en direction du château du Bordage. Celui-ci ne ressemblait d'ailleurs plus vraiment à un château. Car de l'imposante construction datant du moyen âge, il ne restait que des ruines et celles-ci étaient bien cachées. Arrivés devant les dépendances du château, la partie la mieux préservée, ils furent accueillis par le propriétaire des lieux de fort mauvaise humeur. Le géocaching se pratiquant d'habitude uniquement dans des lieux publics, les gendarmes furent surpris de se retrouver dans une propriété privée. Ils présentèrent donc leur insigne, bien qu'ils ne fussent pas là de manière officielle.

- Nous enquêtons sur des meurtres et il semble que certains évènements se seraient déroulés ici, dit Eléonore. Pouvez-vous nous dire qui vous êtes ?

L'homme devait être âgé d'une bonne soixantaine d'années. Il avait les cheveux gris, une calvitie naissante et n'était pas très grand, un mètre soixante-dix environ. Ses yeux foncés, assez durs, révélaient une grande énergie. Il se nommait Herbert Lomain et n'avait visiblement pas envie de voir des gendarmes sur sa propriété.

- Savez-vous que votre « château » est le théâtre d'un jeu, le géocaching ?

L'homme se gratta la tête.

- J'ai découvert ça la semaine dernière. Je n'avais jamais entendu parler de ça avant. J'ai surpris un jeune couple rôder dans le coin et prendre des photos. Ils ont pris une sacrée avoinée, mais ils m'ont expliqué qu'ils participaient à un jeu. Un gus avait planqué une boîte et ils s'amusaient à la retrouver. De vrais gosses.

- Elle est où cette boîte ? demanda sérieusement Damien en levant le nez de son carnet.

- A la poubelle.

Le gendarme se contint et reformula la question :

- Elle était où avant que vous la jetiez ?

- Dans l'escalier qui mène aux anciennes douves.

- On peut s'y rendre ?

Lomain rechigna mais se mit en mouvement, suivi par les lieutenants. Ils escaladèrent une petite butte et traversèrent de hautes herbes qui avaient été légèrement foulées auparavant. Ils se retrouvèrent en haut d'un escalier en pierre qui descendait sous terre.

- Elle était en contrebas, derrière une pierre, dit le propriétaire en pointant du doigt le bas de l'escalier.

Eléonore et Damien se regardèrent un instant puis la jeune femme demanda :

- Avez-vous vu quelque chose de louche vers le 23 septembre ?

L'homme réfléchit un instant en regardant un peu plus loin les ruines d'une des tours du château.

- Non, je n'étais pas là ce week-end là. J'étais dans le sud de la France, chez ma fille.

- Et, il n'y avait personne ici ?

- Non, pourquoi cette question ? demanda-t-il suspicieux.

- Un petit groupe de personnes est venu pour chercher cette boîte précisément à cette date.

- Et quel est le rapport avec votre meurtre ?

- Un des géocacheurs est mort. Et nous pensons qu'il s'est passé un truc ici, ce fameux jour de septembre.

- Vous savez, il ne se passe pas grand-chose dans le coin.

- On peut descendre ? questionna par formalité Damien.

Herbert Lomain approuva.

- Mais faites attention de ne pas tomber dans l'eau.

71

Les deux lieutenants descendirent doucement l'escalier, Eléonore était passée la première. Ils arrivèrent dans un endroit sombre qui sentait l'humidité. Ils étaient sur une petite plateforme rocheuse et devant eux, les douves étaient remplies d'eau. Celles-ci étaient alimentées par l'Illet qui coulait non loin de là. Sur l'eau, flottait un ponton de bois. L'eau semblait s'écouler lentement. Tout était calme. Damien sortit son téléphone portable pour éclairer la scène. Il balada son appareil de gauche et de droite. Il se retourna et observa les murs. Il se tourna une nouvelle fois et scruta la surface de l'eau. De son côté, Eléonore en faisait autant avec son propre téléphone. Ils ne découvrirent rien. Rien qui ne leur semblait suspect en tout cas. Pourtant, intimement, ils le savaient. Tout avait débuté ici. Ils en avaient la conviction.

- Qu'est-ce que c'est que ça ?

La voix venait de derrière. C'était Lomain qui arrivait en bas des escaliers.

- De quoi parlez-vous ? demanda Eléonore.

- Ce qui flotte sur l'eau.

- Le ponton ? Vous ne l'aviez jamais vu ?

- Non, c'est la première fois.

- Etrange, vous venez souvent ici ?

- Non, c'est peut être bien la première fois de l'année.

- Et ce ponton n'existait pas avant ?

- Non, je vous jure que non.

- Merci monsieur, ça va nous être d'une grande aide.

La gendarme se tourna vers son coéquipier qui prenait quelques clichés et lui dit :

- On va faire venir les techniciens dès demain pour qu'ils analysent tout ça.

- Bien, enfin on progresse… un peu.

Les deux gendarmes regardèrent la plateforme flottante… à quoi avait-elle pu servir ? Etait-ce lié au mystère des géocacheurs ? Et s'ils faisaient fausse route ?

***

Les paupières s'ouvrirent délicatement. La lumière était toujours aussi forte. Prostré dans un coin de sa cellule, Lino s'éveilla. Depuis combien de temps dormait-il ? Il ne se sentait pas vraiment reposé. Sa tête tournait. Il avait un peu froid et repéra sa veste au milieu de la pièce. Il tenta de se lever, lentement. Mais l'effort lui était pénible. Finalement il décida de ramper jusqu'à son but. Après quelques instants, il enfila son blazer. Il tourna la tête et vit qu'il en était toujours au même point. Il était toujours dans sa prison de verre. Sa situation n'avait pas évolué et il ne savait toujours pas ce qu'on attendait de lui. Après quelques tentatives, il parvint à tenir debout sur ses deux jambes. Il s'approcha d'une des faces du cube de verre et s'y colla. Il ne voyait toujours rien de l'autre côté. Soudain, un larsen lui déchira les tympans. Il se tint les deux oreilles jusqu'à ce que cesse ce bruit insupportable. Il leva la tête pour voir d'où cela provenait. Il ne vit rien. Puis, une voix se fit entendre. Elle était métallique. Désagréable. Déformée. Elle lui tint ces mots :

- Monsieur Rinaldi, bonjour. Nous avons besoin de vous et d'un précieux renseignement. Vous détenez quelque chose qui ne vous appartient pas.

Un silence s'abattit dans le cube. Puis la voix reprit :

- Nous souhaitons récupérer notre dû. Ainsi, merci de nous dire où vous et vos amis avez caché ce que nous cherchons.

Lino était stupéfait. Il s'écarta de la paroi pour revenir au centre de la pièce. Il baissa la tête et dit :

- Je ne sais pas de quoi vous parlez.

- Ne jouez pas au plus malin avec nous. Vous savez très bien de quoi nous parlons et pourquoi vous êtes là. Nous souhaitons juste une information. Où est-il ?

Bien sûr, le prisonnier savait de quoi parlait son geôlier. Bien sûr, il le savait depuis le début. Mais comment l'ont-ils retrouvé ? Qui pouvait savoir ? Il n'y avait qu'un seul problème… Lino ne savait pas où trouver ce qu'ils cherchaient.

***

Damien était rentré chez lui malgré l'insistance de sa coéquipière pour qu'il aille boire un verre chez elle, les enfants étant chez leur père. Il préférait rester seul pour faire le point sur sa première enquête rennaise qui lui donnait du fil à retordre. Devant son four micro-onde, qui réchauffait un plat surgelé, il tenta d'appeler Clara sans succès. Avant d'être muté, le gendarme aimait bien réfléchir sur ses investigations avec elle. Elle était souvent de bon conseil et avait un bon esprit de déduction. C'est d'ailleurs sur une enquête qu'il l'avait rencontrée. Le cadavre d'un homme avait été retrouvé dans le bureau du détective privé pour qui elle travaillait. C'est elle qui avait découvert le corps en arrivant à son travail. Lorsqu'il l'avait vu blottie dans un coin de l'agence de détective, les yeux embués et le mascara coulant, il était tombé amoureux, foudroyé sur place. L'enquête n'avait pas été simple à mener et avait duré quelques semaines durant lesquelles ils s'étaient souvent côtoyés. Au fil des jours, leur relation avait gagné en intimité jusqu'au dénouement de l'affaire. Ce soir-là, ils étaient allés fêter l'arrestation du coupable dans un bar et avaient fini la nuit dans le même lit. Cela faisait plus de deux ans qu'ils étaient heureux ensemble. Malheureusement, cette mutation leur avait fait l'effet d'une douche froide. Depuis quelques jours, leurs conversations étaient devenues assez monotones. Bien sûr, il aimait toujours entendre sa voix et il était toujours heureux de lui parler mais il ne sentait pas la même réciprocité. Elle semblait plus distante, moins intéressée par ce qu'il racontait. Il avait également l'impression de l'appeler plus par routine que par réel besoin. Indéniablement, la distance avait changé leurs rapports.

Il fut interrompu dans ses pensées par la sonnerie du micro-onde. Son plat était prêt, il n'avait plus qu'à le déguster tout en essayant de clarifier l'enquête. Il s'installa à table et posa son carnet à côté de la barquette micro-ondable. Après une première bouchée, qu'il avala sans grimace, bien que ses lasagnes ne soient pas correctement réchauffées, il se saisit d'un crayon puis se mit à écrire sur une nouvelle page :

Sortie géocaching au château du bordage :

- *Gabriel Couvreur « Gabi 35 » - MORT*
- *Alix Meunier « Alix35 »*
- *Roland Loisel « Fantômas »*
- *Lino Rinaldi « Valiro » - INTROUVABLE*

Guillaume Morel – Journaliste – a découvert le corps de Couvreur puis enquêté seul – MORT

Questions :

- *Que s'est-il passé au château du bordage ?*
- *Qui a posé la cache au bordage ?*
- *Où est Rinaldi ?*

Damien continua de manger tout en feuilletant son calepin pour relire ses notes précédentes. Il tomba sur une phrase qu'il avait notée lors de l'event de géocaching au début de leur enquête.

Jamila a un amant ?

Julie Hernandez leur avait révélé ce scoop et elle semblait sûre d'elle. Cette piste n'avait pas été exploitée. Cela vaudrait peut-être le coup d'y revenir. De plus, Guillaume Morel était un grand séducteur, il aurait très bien pu être l'amant de Jamila Couvreur. Damien troqua sa fourchette contre son crayon et nota.

Jamila Couvreur – Lien avec les deux morts ? Mari et amant ?

Le gendarme regarda sa dernière phrase. S'il s'agissait de crimes passionnels, pourquoi Lino Rinaldi restait introuvable ? Tout cela était encore bien mystérieux.

***

La nuit était entamée mais Alix Meunier et Roland Loisel avaient finalement été relâchés, faute d'éléments suffisants pour les retenir. Leurs avocats avaient bien travaillé pour qu'ils puissent se reposer chez eux. Sous le regard de Luter, ils sortirent au même moment de la gendarmerie mais ne se parlèrent pas et partirent chacun de leur côté. A cet instant, tous les deux reçurent un SMS qu'ils consultèrent. Ils y découvrirent la même photo accompagnée du même message. Sur l'image, on pouvait voir Lino Rinaldi allongé à même le sol. Le texte indiquait les mots suivants : *Pour sa vie, il va falloir parler… mais pas aux flics. Contact dans deux heures.*

***

- Il ne veut toujours pas parler, Jim.

- Ne vous inquiétez pas, avec la nouvelle phase du plan, si lui ne parle pas, quelqu'un parlera pour lui.

- Bien, on continue quand même à le cuisiner ?

- Inutile pour le moment. Qu'il se repose avant le grand bain. Je vous tiens au courant.

***

Alix était paniquée, elle ne savait pas comment réagir à ce message. Elle marchait sans but dans les rues rennaises. Qui avait envoyé ce message ? Qui pouvait savoir ? Elle n'avait jamais parlé, comme convenu. Pourtant l'histoire était devenue macabre. Deux morts... et Lino qui était retenu on ne sait où. Que faire ? Elle ne pouvait pas retourner à la section de recherches. Roland, lui, pouvait l'aider. Elle l'appela donc sur son portable. Il ne décrocha pas. Il doit être sur la route, se dit-elle, il ne peut pas décrocher. Elle lui laissa un message pour qu'il la rappelle, vite. Alix ne savait pas très bien où elle se trouvait. Il faisait nuit maintenant mais elle avait toujours envie de marcher. Elle continuait son chemin à la lueur des réverbères tandis que son téléphone se mit à chanter du Mickael Jackson. C'était Roland. Il s'était arrêté sur le bord d'une route pour la rappeler. Elle lui expliqua la situation mais celui-ci la connaissait déjà, il avait reçu le même message. Il était aussi désemparé qu'elle. Après une brève conversation, ils décidèrent de se retrouver chez Roland à Saint Gilles pour faire le point avant que l'inconnu ne reprenne contact.

***

Eléonore était prête à se coucher lorsque son téléphone sonna. C'était Frank, un jeune officier qui travaillait sur la disparition de Rinaldi :

- Lieutenant Ramirel, j'ai du neuf !

- Je t'écoute Frank.

- Comme vous me l'avez demandé, j'ai mis un mouchard sur les portables de Meunier et Loisel avant de les rendre.

- Et ?

78

- Ça bouge, ils ont tous les deux reçu un texto en sortant de la gendarmerie et ils viennent de s'appeler.
- Tu as pu voir le contenu du message ou écouter leur conversation ?
- Malheureusement non, ce n'est pas la CIA ici.
- T'en as parlé à personne d'autre ?
- Non, comme convenu. Et, j'ai l'impression qu'ils se sont donné rendez-vous chez Loisel, compte-tenu de la triangulation.
- Bon, il va falloir que j'aille faire un tour là-bas, répondit Eléonore. Pour une fois, je pense qu'on peut avoir un bout de vérité. Tu peux me redonner l'adresse s'il te plait ?

L'officier s'exécuta et Eléonore le remercia puis raccrocha sans tarder. Enfin une occasion d'en savoir un peu plus. La gendarme sentait que ce rendez-vous était important, elle ne devait pas traîner. Elle se rhabilla à toute vitesse et sortit de chez elle, direction Saint-Gilles.

***

Alix stationna devant la maison de Roland. Une faible lumière éclairait la porte d'entrée. La petite brune passa un portillon en bois qui grinça, ce qui la fit sursauter car elle était déjà bien nerveuse. Elle marcha sur des pas japonais qui l'amenèrent à l'entrée. Elle n'eut pas le temps de frapper que Roland ouvrait déjà la porte et lui faisait signe d'entrer.

Le salon était richement décoré de petites statuettes en tout genre, sûrement chinées lors de brocante. Tous ces bibelots

79

étouffaient Alix qui avait trouvé une petite place sur le canapé. Face à elle, Roland et Françoise avaient tous les deux les traits tirés. Pour cette dernière, l'équation était simple, il fallait avertir les autorités. Ce qui n'était pas l'avis d'Alix. Malgré sa forte carrure et son visage dur, Roland semblait désemparé. D'un côté sa femme, et de l'autre Alix. Au centre, la vie de leur ami Lino.

- Il faut tout arrêter et tout raconter aux gendarmes, sermonnait Françoise.

Malheureusement, dans ce petit jeu, bien qu'étant des pièces essentielles du puzzle, ni Alix, ni Roland n'avait le pouvoir de stopper cet imbroglio. Tous les trois le savaient pertinemment. La maitresse de maison se leva et alla faire du café, la nuit promettait d'être longue. Il restait un peu moins d'une heure avant que l'inconnu ne reprenne contact. Qu'allait-il se passer après ? Personne n'osa l'imaginer.

***

Lino était désespéré. Il marchait, puis s'asseyait, se relevait et tapait contre les parois de verre. Rien. Rien ne se passait. Seul un lourd silence répondait à ses cris de rage qui devenaient au fil du temps des cris de désespoir. Que faire ? Il était en nage, il avait chaud puis l'instant d'après il avait froid… A croire que tout son corps était détraqué. Son cerveau n'arrivait plus à réfléchir. Il n'était plus sûr de rien. Devait-il parler ? Ou bien se taire ? Ils ne pouvaient pas le tuer tant qu'il n'avait rien dit… ou alors il servirait d'exemple ? Pour en faire parler un autre ? Un autre plus faible ou inconscient ? Les questions tournaient à une vitesse folle dans son esprit. La lumière continuait de l'aveugler. Il avait mal aux yeux. Il avait mal à la tête. Il avait mal partout. Tout son corps le faisait souffrir. Il se rassit, se mit en boule, puis se détendit et poussa un grand cri. Encore une fois, aucun être ne fût sensible à son râle. L'homme ou plutôt la bête, car il n'avait plus rien d'humain, était allongée dans sa cage et à l'agonie. Elle gémissait, sanglotait, faisait des mouvements brusques. La folie s'emparait peu à peu de ce corps. Puis soudain, un événement inattendu se produisit. La bête gisant au sol ne comprit pas ce qui se passait. La lumière s'était éteinte. Il faisait noir.

***

Des volutes s'échappaient des trois tasses posées sur la table basse séparant Alix de ses hôtes. Seul le tic tac d'une pendule brisait le silence qui régnait dans la maison. Cette pendule, qu'Alix n'avait d'ailleurs pas réussi à repérer dans tout ce capharnaüm, laissait égrener lentement les secondes qui les séparaient d'un nouveau contact avec l'inconnu. Il restait maintenant trente minutes et aucune décision n'avait été prise. Tandis que Roland se penchait pour se saisir de sa tasse, trois coups furent frappés à la porte. Les cœurs s'emballèrent. Déjà ? Ce n'est pas possible. Il vient ici, dans cette maison pour mettre à exécution ses menaces ? Sans un regard pour les deux femmes, l'homme se leva et se dirigea vers l'entrée. Alix se recroquevilla sur le canapé, la sueur suintait par les pores de sa peau pâle. De son côté, Françoise gardait la tête haute et observait attentivement son mari qui ouvrait la porte.

- Bonsoir monsieur dames, puis-je me joindre à vous ?

***

- Tenez-vous prêts, dans trente minutes exactement, on passe à la phase suivante.

- Ok Jim, nous venons d'éteindre la lumière. Le malheureux n'est plus qu'une loque.

- La suite devrait le réveiller.

- Espérons-le, pour qu'il tienne suffisamment longtemps.

- Pas d'inquiétude de ce côté-là, j'ai tout calculé. Faites-moi confiance, il survivra le temps qu'il faudra.

***

Eléonore trouva trois personnes bouche-bée dans un salon aux allures de musée de la brocante. Roland reprit tant bien que mal ses esprits et demanda :

- Lieutenant Ramirel, que faites-vous là ?

- D'habitude, c'est moi qui pose les questions, répondit la gendarme avec force. Que faites-vous tous les trois ?

Ce fut Alix qui prit la parole en se redressant :

- Nous avons quelque chose à vous dire.

- Mais entrez donc, invita Françoise. Et prenez place sur le canapé.

Eléonore s'avança et retira sa veste qu'elle posa sur le dossier d'une chaise, pendant que Roland refermait la porte derrière elle en jetant un œil désapprobateur à son amie.

- Dites-moi tout madame Meunier, dit Eléonore en place à côté d'elle.

Alix s'essuya le front qui ruisselait et répondit :

- Nous avons reçu un message avec Roland, tout à l'heure en sortant de la gendarmerie.

- Eh bien montrez moi ça ! répondit la gendarme un brin déçue par cette révélation.

La géocacheuse prit le portable qui était posé sur le côté du canapé et sélectionna le message qu'elle montra au lieutenant Ramirel. Cette dernière n'en revint pas et questionna immédiatement :

- Il reste combien de temps ?

- Vingt bonnes minutes, répondit Françoise à la hâte.

- Je dois prévenir mes collègues.

- Surtout pas, crièrent en même temps Roland et Alix.

- Et pourquoi pas ?

- La vie de Lino en dépend, répondit l'homme. Vous avez vu le message.

- Qu'aviez-vous l'intention de faire ?

Personne ne répondit.

- Pourquoi l'ont-ils enlevé ?

Toujours pas de réponse.

- Bon, je vois que vous êtes toujours aussi bavards, conclut la gendarme. La priorité est de retrouver votre ami, ensuite, il faudra me dire ce que vous cachez.

Les trois amis se regardèrent sans rien laisser paraître, puis Eléonore reprit :

- Je vais faire appel à deux amis et c'est tout. Dans vingt minutes et en fonction de la tournure des évènements, je serai obligée d'informer ma hiérarchie. Et pas de discussion.

***

Damien tournait et se retournait inlassablement dans son lit. Il pensait à Clara, puis à son enquête. Il était agité et n'arrivait pas à trouver le sommeil. Il guettait son téléphone pour voir si sa compagne allait finir par le rappeler lorsque celui-ci se mit à vibrer. Tout content, il s'empressa de décrocher et fût surpris d'y entendre la voix de sa coéquipière :

- Sors de ton lit partenaire, ça bouge.

- Qu'est ce que tu me racontes ? interrogea le gendarme légèrement irrité.

Eléonore lui fit un rapide topo de la situation.

- Tu es sûre qu'on ne doit pas déjà prévenir Luter ?

- Non, pas pour l'instant. On voit comment ça tourne et on le prévient plus tard.

- Je te rejoins à Saint Gilles ?

- Non, ce n'est pas la peine. Rends-toi à la gendarmerie, j'ai mis Frank sur le coup pour qu'il puisse pister un appel éventuel.

- Ok, j'y vais tout de suite, dit-il en se redressant.

- Très bien et n'oublie pas de t'habiller, répondit sa partenaire en rigolant.

Ce qu'elle peut être lourde, se dit Damien en raccrochant.

***

Eléonore faisait les cents pas dans le salon des Loisel. Elle passait devant tous les bibelots exposés dans ce drôle de musée : poupées, métier à tisser, cages à oiseaux, statuettes… Mentalement, elle checkait que tout était prêt pour le prochain contact. Frank était sur le qui-vive pour retracer le moindre appel… en espérant que le gars se manifeste. Elle continuait son petit tour de musée : poules en tout genre, chatons en porcelaine, assiettes décoratives… Damien était en chemin pour la gendarmerie et serait prêt à toute éventualité.

Livres de collection, arrosoirs, photos, peluches…

Il restait moins de cinq minutes…

Horloges, pendules, tic tac…

Quatre minutes…

Hérisson en fer forgé, lampe de sel, bougeoirs…

Trois minutes…

Moulins à café, magazines, journaux…

Deux minutes…

Ouest-France du 23 septembre, le jour de la sortie géocaching…

Une minute…

Bordel, j'ai compris !

Partie 2
Le plan de Jim

Jean-René Lavigne surnommé simplement « Jeannot » n'avait pas eu une vie heureuse et encore moins facile. Suite au départ de son père lorsqu'il avait appris qu'il allait avoir un môme, sa mère s'est débrouillée toute seule avec son petit. Jusqu'à ses cinq ans, Martine a élevé Jean-René du mieux qu'elle a pu. En travaillant comme couturière à l'usine, elle avait bien du mal à finir les mois. L'alcool l'aidait à surmonter les épreuves lorsque cela devenait difficile. Elle se serait bien débarrassée de son petit Jean-René, mais dans le regard de son enfant elle percevait encore une petite lueur qui lui faisait renoncer à ce sombre dessein. Pourtant, la suite fût bien pire. L'usine dégraissait à tour de bras et Martine en fut une victime. Elle commença à boire plus que de raison et à frapper son petit lorsqu'elle était ivre. Le pauvre, qui avait à peine six ans devait se débrouiller pour faire quelques courses et acheter de quoi se nourrir. De temps en temps, il allait faire la manche dans la rue. De temps en temps, il allait voler quelques denrées sur les étals du marché. Les semaines passaient et ça empirait. Martine était endettée, et le Pari Mutuel Urbain n'arrangeait pas les choses. Un jour, un homme en costume, au visage anguleux surmonté d'un chapeau gris vint les voir. Martine était saoule dans la cuisine et gueulait contre le manche à balai. L'homme ne pouvait pas lui parler alors il s'adressa au petit. Celui-ci ne saisissait pas tout ce que lui disait cet homme sombre. Cependant, il comprit que sa mère avait de gros soucis d'argent et que le visiteur en avait. Il comprit également qu'il fallait rendre des services à cet homme pour faciliter sa vie et qu'il soit enfin heureux avec sa maman. Ce jour là, Jean-René du haut de ses six ans passa un pacte avec le diable. Il venait de mettre un pied dans le banditisme. L'homme, que Jean-René devait appeler « maître », utilisa l'enfant afin de commettre des larcins de plus en plus gros et de plus en plus risqués. Un jour, ne voyant presque plus son fils à la maison et étant étonnamment sobre, Martine décida de mettre fin à ses jours. Jean-René, devenu «Jeannot », ne la découvrira que trois jours plus tard, pendue au milieu du salon. Entièrement sous la coupe de son « maître », il développa un don unique pour les cambriolages et en particulier l'art de percer les coffres.

Aujourd'hui, Jeannot avait soixante-cinq ans dont une dizaine passée derrière les barreaux. Il avait les traits tirés et plus beaucoup de cheveux sur le caillou. N'ayant pas cambriolé depuis au moins cinq ans, il vivait une petite retraite dans un hameau tranquille aux abords de Rennes, près de la Vilaine. Toujours solitaire, il vivait presque comme un ermite. Il ne sortait que pour acheter son journal et pour pêcher. Il était aujourd'hui presque heureux. Cependant, lorsque vous êtes un bandit, vous restez un bandit et surtout aux yeux du monde. C'est pourquoi ce jour du mois de juin, il reçut une étrange lettre qui le conviait à un rendez-vous quelques jours plus tard au moulin du Boël, à Bruz, le long de la Vilaine.

***

Lorsque l'on entrait dans la petite chambre de la cité universitaire occupée par Emilie Beaumont, étudiante en informatique, on était surpris d'y trouver autant de désordre. Ce qui surprenait n'était pas tant les vêtements étalés partout, ni même les dizaines de manuels éparpillés. Non, ce qui étonnait, c'étaient les ordinateurs disposés aux quatre coins de la petite pièce et l'ensemble de câbles les reliant. On se demandait même s'ils étaient tous branchés. D'origine auvergnate, l'étudiante était arrivée à Rennes depuis deux ans et avait développé un goût particulier pour le piratage. Pourtant élevée dans les montagnes du Cézallier, elle n'avait pas touché à un ordinateur avant l'âge de quinze ans. Toutefois, sa nature rebelle, développée à l'origine pour faire enrager ses parents, et sa curiosité l'avaient amenée à pirater tout et n'importe quoi. Cette soif insatiable pour comprendre les mystères du web l'a logiquement poussée à choisir cette voie d'étude. Elle a donc quitté sa montagne auvergnate pour l'agitation de la capitale bretonne. Bien que Rennes soit réputée pour la qualité de ses soirées étudiantes, Emilie n'en avait pas encore profité. Elle n'était pas intéressée par les sorties et ne parlait presque jamais à ses camarades de promo. Pourtant, elle plaisait bien aux garçons avec ses formes voluptueuses, sa longue chevelure brune et ses yeux noisette. Mais non, les garçons ne l'intéressaient pas. Pas plus que les filles d'ailleurs. Pour les autres étudiants, elle était la fille bizarre des volcans… Oui, mais les volcans même endormis cachent un feu que personne ne soupçonne et quand ils crachent, ils font des ravages. Jusqu'à aujourd'hui, son plus gros coup était d'avoir piraté le site de l'université, c'était pas mal mais pas très glorieux. De plus, elle avait bien failli se faire choper à cause de son binôme de travaux pratiques à qui elle avait innocemment expliqué comment détourner une adresse IP, pour les besoins de leur devoir bien sûr.

En ce samedi matin, elle essayait de pirater un site du gouvernement, celui des impôts. Elle voulait étaler toutes les déclarations au grand public. Mais, le challenge était grand et en quelques semaines elle n'avait pas réussi. Elle essayait encore et encore mais n'y parvenait pas. Elle se disait qu'à la fin du mois de juin, elle arrêterait et se chargerait d'un site bancaire… peut être plus abordable. Elle était donc en train de jongler entre ses écrans lorsqu'elle reçut un mail sur sa boîte universitaire. Le message était court. L'expéditeur, un certain Jim, la félicitait pour son dernier piratage et lui donnait rendez-vous dans deux jours au moulin du Boël, à minuit précises.

***

Une simple ampoule éclairait difficilement le garage dans lequel se trouvait un homme costaud, visage carré et cheveux très courts. Les mains noires et la mine crasseuse, Anthony Pastre s'assit sur un tabouret à peine plus propre et observa son Audi A4 grise rutilante. Il venait de lui faire son petit entretien : vidange, changement des filtres et remise à niveau. Sa Titine était prête pour la prochaine course. Le jeune homme avait bientôt trente ans mais était toujours passionné par les courses clandestines et donc parfaitement illégales. D'ailleurs, tout ce qui était illégal le passionnait. En témoignait, le joint qu'il commençait à se rouler difficilement, les mains pleines de cambouis. Anthony, dit « Antho, le brave » sur les « compétitions », tenait cette attirance de ses parents, eux même adeptes des courses clandestines. D'après eux, leur fils aurait été conçu à l'arrière d'une voiture pendant une virée nocturne. A l'instar d'Obélix dans la potion magique, Anthony c'étaient les voitures, la vitesse et l'illégalité. Cela formait les trois piliers qui le motivaient. Bien sûr, en journée, il avait une activité plus légale : garagiste. Il était employé dans la banlieue rennaise. Son rêve ultime : posséder une Porsche Cayenne. Pour l'instant, il était loin d'avoir amassé l'argent nécessaire pour se la procurer. Mais dans le petit coffre situé au fond du garage, les billets gagnés lors des courses s'accumulaient gentiment au fil des années. D'ici à cinq ans, si tout se passait bien, il en aurait assez pour enfin réaliser son rêve.

Anthony se sentait bien dans son petit garage confidentiel. Il y restait des heures et faisait la conversation à son Audi. Ah, ce qu'il avait pu en gagner des courses avec sa Titine. Il avait bien sûr perdu quelques fois et s'était fait une grosse frayeur une nuit. Il avait échappé de peu au pire. Mais il préférait oublier ces mauvais souvenirs pour n'en conserver que les bons. Tirant sur son joint face à sa voiture, il se remémorait tous ces moments. Ses parents seraient fiers de lui. D'ailleurs, ils étaient fiers de lui, il le savait. Tous les soirs de course, il regardait les étoiles et il savait que ses parents le voyaient de là-haut. Cela faisait maintenant trois ans qu'ils étaient partis, dans un accident de voiture… Comme lui dans quelques années. Il en était sûr. Un jour, il n'aurait plus les mêmes réflexes. Un jour, il mourrait et ce serait dans sa Porsche… la plus belle des morts. Il sourit, rien qu'à cette idée. Cela le rendait heureux. A cet instant, quelqu'un frappa sur la lourde porte métallique. Anthony sursauta. Qui pouvait bien venir ici ? Il se leva et alla ouvrir. Il n'y avait personne. Il sortit dans la rue. Tout était sombre à cette heure avancée. Personne à droite, personne à gauche. Etrange. Anthony secoua la tête et se dit qu'il devrait arrêter de fumer. Il jeta donc son joint, l'écrasa de la pointe de sa chaussure puis aperçut une carte posée au sol. Quelqu'un l'avait glissée sous la porte. Il la ramassa puis lut le message inscrit sur la carte. On lui donnait rendez-vous après-demain au moulin du Boël, bizarre. Anthony retourna la carte, il y avait la photographie d'une Porsche Cayenne, son rêve au bout des doigts.

***

Moulin du Boël, Minuit

La nuit était sombre, le ciel était couvert et déversait tranquillement le fameux crachin breton. A l'approche du moulin, qu'on distinguait à peine, la chute d'eau de la Vilaine faisait un bruit d'enfer. Rien n'était rassurant ici mais Jeannot en avait vu d'autres. Ses nerfs d'acier lui avaient permis d'accomplir ses plus beaux exploits. Il ne fût pas surpris non plus d'apercevoir une silhouette qui marchait devant lui. Contrairement à l'ancien malfaiteur, l'ombre devant lui disposait d'une lampe torche qui éclairait tant bien que mal les abords du moulin. Jeannot n'en avait pas besoin. Il n'en avait jamais eu la nécessité. Il avait un don pour se repérer même par les nuits les plus sombres. Un don qu'il avait acquis grâce aux années passées avec son « maître ». L'individu devant lui s'arrêta sur la petite passerelle qui menait au moulin et se retourna. Il éclaira les alentours et Jeannot reçut le faisceau en pleine face. Une voix sortit dans la nuit, essayant de couvrir le bruit de l'eau :

- Qui êtes-vous ?

L'ancien cambrioleur ne répondit pas. Il s'approcha de l'homme qui venait de parler en montant également sur la passerelle. Ils se firent face, leurs visages trempés par la fine pluie qui ne cessait pas. Un jeune homme costaud faisait face à un individu plus âgé aux traits burinés par le temps.

- Et vous, qui vous êtes ? demanda Jeannot

- J'ai reçu un message me disant de me rendre ici, ce soir.

Jeannot fut surpris mais dans son métier, les surprises ce n'était pas ce qui manquait. Et c'était d'ailleurs ce qu'il aimait. C'était pourquoi, il était venu ce soir. Pas par curiosité mais par envie d'être surpris. Sa vie était si monotone depuis la retraite.

- J'ai eu le même message.

Ce n'était pas une voix d'homme qui parlait mais une voix féminine. Une nouvelle silhouette éclairée par un Smartphone apparut derrière Jeannot. Celui-ci avait l'esprit en ébulition. Trois rendez-vous au même endroit, ça sentait bon... Les affaires allaient reprendre.

- Moi aussi, finit-il par dire.

- Et qui est ce Jim qui nous a amené ici ? demanda la jeune femme.

- Aucune idée, répondit le jeune homme en se retournant. Allons-voir près du moulin.

Les trois « invités » se suivirent sur la passerelle et arrivèrent au pied du moulin. En approchant, ils virent par terre, devant la porte, une petite lueur.

- Qu'est-ce donc ? demanda Jeannot.

Le jeune homme s'approcha et vit qu'il s'agissait d'un téléphone portable, pas tout récent. Il s'en saisit et s'aperçut que celui-ci vibrait, quelqu'un appelait.

- C'est un téléphone et quelqu'un appelle, annonça-t-il.

- Bah décroche, dit la jeune femme.

L'homme s'exécuta, entouré des deux autres invités et écouta.

- Veuillez activer le haut parleur, dit une voix déformée sans préambule.

Après quelques tâtonnements, la manipulation fût exécutée. Personne n'osa parler mais la voix reprit :

- Je suppose que c'est fait.

- Oui, répondit timidement le jeune homme.

- Bien, bonsoir à tous.

Nouveau silence.

- J'ai une mission pour vous trois. Une mission qui peut nous rapporter gros. Il est temps de mettre ou remettre vos talents à profit. A gros profit je dirais même.

Personne ne broncha.

- Afin de préserver l'anonymat de tous les participants, nous utiliserons des noms de code. Inspirés de ma série préférée, vous ne m'en voudrez pas. Je serai donc Jim, votre chef. L'ancien sera Rollin. Mademoiselle, vous serez Cinnamon. Et vous jeune homme, vous serez Willy.

Les trois individus se regardèrent. Jeannot « Rollin » prit la parole :

- Nous n'avons encore rien accepté.

- Je connais tout de vous, de vos vies. Je sais que vous accepterez tous les trois.

- Vous connaissez tout de nous mais nous, nous ne vous connaissons pas, dit Willy.

- Je ne suis que le metteur en scène, celui qui reste derrière la caméra. Vous serez mes acteurs, sous le feu des projecteurs et je me dois de tout connaître de vous. Qui je suis n'a aucune importance. Ce qui compte, c'est que dans quelque mois nous serons tous riches et nous pourrons réaliser nos rêves.

Un nouveau silence s'installa.

- En l'absence de réaction, je considère que tout est ok. Je prévois le coup pour la rentrée, nous avons donc tout l'été pour nous y préparer au mieux. Retournez le téléphone, vous y trouverez des coordonnées GPS. C'est à cet endroit que vous vous retrouverez tous les week-ends dorénavant.

- Vous ne viendrez pas ? demanda Rollin.

- A ma façon, je serai là pour vous expliquer tous les détails de mon plan.

Les trois invités se regardèrent de nouveau.

- S'il n'y a pas d'autre question, il ne me reste plus qu'à vous souhaiter une bonne nuit et à samedi midi. Une dernière chose, une fois les coordonnées en poche, vous pourrez jeter le téléphone.

La tonalité se fit entendre.

Trois morceaux de papier étaient scotchés au dos du téléphone. Willy en distribua un à chacun. Le papier était humide mais les coordonnées apparaissaient toujours clairement.

- Je m'occupe de détruire le téléphone, dit Cinnamon.

Le jeune homme ne l'écouta pas, il balança le téléphone dans la Vilaine.

- Je n'ai pas confiance, désolé, dit Willy avec un sourire en coin.

- Bien dit petit, rétorqua Rollin. Ne faire confiance à personne est le meilleur moyen de survivre.

Sur ces paroles, ils repassèrent ensemble la passerelle et s'en allèrent en silence. L'équipe était désormais réunie et Jim qui les observait depuis l'autre rive avec sa caméra à vision nocturne était satisfait.

Coordonnées secrètes, Midi

Les coordonnées GPS amenaient à une vieille longère inhabitée à Saint-Aubin-D'aubigné. Les trois membres de « la bande à Jim » étaient arrivés en même temps et se trouvaient maintenant devant une imposante porte en bois. Willy, qui s'était arrêté auparavant dans la boulangerie face à la mairie, grignotait un croissant.

- Quelqu'un a la clé ? demanda Cinnamon dans un rictus.

- Je l'ai reçue par la poste hier, annonça sérieusement Rollin en sortant l'objet de sa poche.

Il mit la clé dans la serrure et réussit à ouvrir la porte qui grinça. L'intérieur sentait l'humidité et la poussière. Ils entrèrent dans une grande pièce peu éclairée où le sol était recouvert d'un carrelage tout droit sorti des années soixante-dix. Rollin appuya sur un interrupteur près de l'entrée, ce qui alluma un néon diffusant une lumière peu agréable. Au centre de la pièce, une grande table en bois massif et ses quatre chaises. Sur cette table, se trouvaient deux ordinateurs de pointe, un projecteur qui faisait face à un mur en terre totalement défraîchi, trois dossiers au nom de chacun, quatre verres et des bouteilles d'eau. Le long des murs étaient disposées de larges caisses métalliques. Certaines avaient la mention « explosifs ».

- Putain, c'est du matériel militaire tout ça ! s'exclama Willy impressionné.

- Les ordis aussi sont militaires, s'enthousiasma la jeune geek en s'en approchant. Elle osa même les caresser ayant du mal à contenir son excitation.

Un bruit de larsen les fit sursauter et ils levèrent la tête. Au plafond, dans un coin de la pièce, se trouvaient une caméra et un haut parleur.

- Bonjour à tous, dit la même voix déformée de l'autre nuit. J'espère que vous êtes en forme. Bienvenue dans notre quartier général. A votre droite, la porte mène à la cuisine. Vous y trouverez tout ce qu'il faut pour vous restaurer durant ce week-end. Au fond de la cuisine, il y a un passage vers un cellier, vous y trouverez du matériel nécessaire à votre préparation. Sur la grande table, une pochette est pour chacun d'entre vous. Celle-ci contient les détails du plan dans les grandes lignes. Elle contient également la liste de vos tâches personnelles d'ici le grand jour. Je vous laisserais en prendre connaissance après les quelques consignes que voici. Tout d'abord : ne parlez de ce plan à personne, absolument personne. Deuxième consigne : ne partagez aucun détail personnel entre vous. Troisième consigne : ne vous faites pas confiance et méfiez-vous les uns des autres. Restez vigilants. Et enfin : ne cherchez pas à savoir qui je suis !

Un lourd silence pendant lequel les trois équipiers se toisèrent suivit ces annonces.

- Respectez cela, ainsi que les tâches que vous avez à accomplir et tout se passera bien. Tout le monde en ressortira vivant, libre et surtout riche. Cinnamon, la première étape de mon plan te concerne. Je compte sur toi et le défi que je te demande de relever devrait te plaire. En plus, je t'ai mis du bon matos à disposition. A la fin du week-end, cette première tâche devra être accomplie. Tu vas devoir pénétrer dans le réseau informatique de la Prosegur… elle-même spécialisée en sécurité.

La jeune femme, les yeux pétillants d'excitation, avait hâte de se mettre au travail.

- Allez, je vous laisse tranquilles pour le moment. Si vous avez besoin, n'hésitez pas à me parler, je veille sur vous constamment. Bonne chance.

***

Le dimanche soir, Emilie était de retour dans sa petite chambre, épuisée. Epuisée mais heureuse. Dans l'après-midi elle était enfin venue au bout de sa mission. Elle était entrée sans se faire repérer dans le réseau de la Prosegur et n'avait qu'une hâte, être à samedi prochain. Plus que jamais elle se sentait vivante. Elle n'avait jamais éprouvé cela. Même lors du piratage du site de l'université, elle n'avait pas été aussi épanouie. Dans cette aventure, le plus dur avait été de trouver une excuse pour ne pas rentrer en Auvergne cet été. Mais un stage imaginaire, qu'elle ne pouvait pas rater et hyper important pour son avenir, avait fini par convaincre ses parents.

Assise sur son lit, elle repensait à ce week-end. Elle ne savait pas qui était ce Jim et malgré sa curiosité, elle devait respecter les consignes. Le plan était trop parfait pour le gâcher. De plus, il n'y aurait aucune victime et ça c'était bien. Emilie ne supporterait pas d'avoir une mort sur la conscience. Le seul de l'équipe qui lui faisait peur était ce Willy. Il n'avait pas l'air d'avoir grand-chose dans le cerveau. De plus, il lui avait fait quelques avances durant le week-end. Elle n'avait aucune envie de s'amouracher de cet imbécile qui fumait des joints. Elle l'avait surpris durant les deux jours, bien qu'il tentât de se cacher dans une des pièces de la longère. Par contre, Rollin lui plaisait bien. Il était peu causant mais semblait être un puits de savoir en matière de cambriolage. Malgré la consigne de Jim, elle lui faisait confiance pour mener à bien ses tâches. Emilie retira son jean et son pull over puis s'allongea en sous-vêtement sur son lit. Qu'allait-elle faire de tout ce fric ? Elle se mit à rêver…

***

Les semaines passèrent et chaque week-end, tout le monde était bien occupé dans la longère. Nous étions fin juillet et Jim n'avait pas encore annoncé la date du grand jour. Anthony commençait à trouver le temps long, cela faisait plusieurs samedis qu'il ne participait plus à des courses. L'adrénaline commençait à lui manquer. Heureusement, le cannabis soulageait sa frustration. De plus, la petite Cinnamon était bien mignonne, il se la serait bien tapée. Mais elle n'avait d'yeux que pour ses super ordinateurs et elle ne lui accordait pas le moindre regard. Pourtant Anthony était bien foutu. Qu'est-ce qui lui faut à celle là, que je me greffe un ordinateur sur la poitrine, se disait-il. Nous étions dimanche soir et le jeune homme ruminait dans son garage face à sa Titine. De son côté, il remplissait bien les tâches qui lui incombaient. Il avait tout d'abord déniché un vieil utilitaire sur le bon coin pour une bouchée de pain. Ensuite, il avait construit une solide plateforme avec des bidons et des planches de bois dans un lieu un peu bizarre. Heureusement que Jim lui avait fourni un plan et que le vieux l'avait aidé car il n'aurait jamais trouvé ces ruines de château. Il lui restait à dégoter un autre véhicule utilitaire mais Jim ne voulait pas dépenser plus de mille euros donc les offres ne se bousculaient pas au portillon. En trouver un à ce prix là était déjà un coup de chance, en trouver un deuxième serait un miracle.

Anthony secoua la tête et alluma le joint qu'il venait de confectionner. C'est Rollin qui lui faisait peur. Qui était ce vieux ? En plus, il manipulait des explosifs toute la journée, ce n'était pas rassurant à son âge. Un accident pouvait être si vite arrivé. De surcroît, l'ancien semblait avoir plus de succès auprès de Cinnamon que le beau Willy. Elle doit aimer les vieux, se disait-il, les vieux et les ordis… Pas vieux les ordis bien sûr. Il lui fallait la pointe pour ça. D'ailleurs, le jeune homme se demandait bien ce qu'elle pouvait faire aussi longtemps scotchée à ses écrans. Il avait essayé de comprendre, sans succès. En même temps, il avait bien plus regardé la poitrine de la jeune femme que l'ordinateur. Dans ses conditions, c'était difficile à suivre. D'ailleurs Anthony avait du mal à assembler toutes les pièces du puzzle et ne comprenait pas tout du plan final. Mais bon, il fallait faire confiance au chef, lui devait savoir où il allait. Et puis, il y avait les biftons au bout… et la Porsche Cayenne, c'est tout ce qui comptait.

***

En cette heure matinale d'un lundi de juillet, Jeannot était à la pêche, tout du moins physiquement car son esprit était ailleurs. Il avait beau retourner la chose dans tous les sens, le plan de Jim était vraiment bien pensé. Le retraité essayait de trouver la faille. Il aimait que tout soit bien préparé et travaillé. Pour le coup, il était gâté. Leur « chef » était un vrai chef d'orchestre. Restait à savoir, si le jour J il n'y aurait pas de fausse note. Le Willy semblait être le débile de la bande. Il ne comprenait rien à ce qui se passait mais il faisait le boulot. Et puis, il parait que c'est un pilote hors pair, c'est l'essentiel. En revanche, la fille, elle en avait dans le cerveau. Elle pourrait devenir dangereuse avec ses ordinateurs s'il lui prenait l'envie de fouiller dans le passé de chacun. Jeannot l'avait à l'œil pour ça. Pour l'instant, elle ne cherchait pas à fouiner mais il faut toujours se méfier. Et l'autre Willy qui essaye de la choper. Les histoires de cul, ce n'est pas bon dans ce genre d'entreprise. Heureusement, la petite restait insensible, puis le vieux Rollin veillait et surtout les surveillait. Le plan est trop bon pour tout faire capoter à cause d'une connerie comme ça. Ce qui gênait Jeannot dans l'histoire, c'était de ne pas connaître leur chef. Le plan était parfait mais qui était ce Jim ? Pourraient-ils lui faire confiance une fois le méfait accompli ? Allaient-ils tous toucher leur part ? L'ancien malfrat en avait suffisamment vu pour se méfier. Il fallait que Jim se montre à un moment ou à un autre, c'était un passage obligé. Sinon, Jeannot ne ferait pas le coup, tant pis pour l'argent. Devant sa canne à pêche, il venait de se décider… Le chef allait devoir se montrer et il faudrait l'avoir à l'œil pour ne pas se faire doubler.

***

- T'as fini de la faire chier !

Rollin avait sauté sur l'occasion pour déclencher un scandale le premier samedi d'août. Dans la grande pièce du quartier général, il préparait des explosifs tandis que Cinnamon s'afférait sur son ordinateur. Willy était encore venu la chauffer.

- Qu'est-ce qui te prend papy ? demanda le jeune homme, interloqué.

- Tu ne vois pas que tu ne l'intéresses pas. Alors, mater ses seins ou son cul, tu peux si ça te chante mais laisse la respirer un peu.

Dans son coin, la jeune femme souriait et ne leva même pas les yeux de son écran.

- T'es son vieux ou quoi ? Elle est bien capable de se défendre toute seule, la demoiselle.

Sur ces paroles, Willy caressa les cheveux de Cinnamon.

- Putain, t'es vraiment con, toi !

Cette fois, Rollin avait hurlé et pris une grenade en main.

- Tu la touches pas où je te fourre ça dans la bouche.

- Vas-y essaye grand-père.

Là-dessus, le retraité s'approcha du jeune homme et lui asséna un violent coup de poing dans le ventre. Willy, surpris, en eut le souffle coupé et tomba à genoux. Rollin lui tira les cheveux en arrière et commença à lui mettre la grenade dans la bouche grande ouverte.

- STOP !

La voix provenait du haut parleur.

- J'AI DIT STOP. C'est quoi ce merdier, qu'est que vous me faites ?

- On en a marre de passer nos week-ends ici, répondit Rollin. Et le petit commence à devenir cinglé, il a des pulsions.

- Calmez-vous ! Je sais que ça devient long et que vos tâches sont quasiment toutes accomplies. Mais il vous reste encore la répétition générale à faire.

- Et quand est-ce que vous allez nous rejoindre ? J'ai pas l'habitude de prendre des risques pour un inconnu.

- Vous me verrez bien assez tôt.

- Non, MAINTENANT !

Rollin avait laissé la grenade dans la bouche de Willy et commença à détacher la goupille sous les yeux exorbités des deux jeunes.

- Arrête tes conneries Rollin !

Cette fois ce fût Cinnamon qui s'exprima en se levant de sa chaise et en s'approchant des deux hommes.

- Tu vas trop loin. On ne peut pas tout faire rater. Pas maintenant. Par contre…

Elle marqua un temps d'arrêt et regarda la caméra bien en face.

- Vous nous avez dit de ne pas nous faire confiance. Pourquoi vous ferait-on confiance si vous ne vous montrez pas ?

Silence.

***

Jim n'avait pas prévu que ça dégénérerait aussi vite. Il avait bien sûr pensé à cela mais pas aussi rapidement. Ils avaient encore plus d'un mois à tenir… Les week-ends promettaient d'être longs d'ici là. Il savait depuis le début qu'il devrait se montrer à un moment donné. Là-aussi, il pensait avoir plus de temps. Montrer son visage si tôt pouvait lui nuire mais ne pas le montrer ruinerait son plan si savamment orchestré. Sa décision était prise, il allait se montrer et dès le lendemain matin.

- D'accord, je me montrerai. Demain, je vous rejoins au quartier général.

Jim, le front en sueur, observa les réactions sur son écran. Il aperçut le petit rictus de Rollin qui enlevait la grenade de la bouche du garçon. Lequel s'écarta du retraité sans traîner. Mon Jeannot, tu m'as bien eu sur ce coup là, se disait Jim, mais je ne t'en veux pas, j'aurais fait la même chose que toi. La bombe était désamorcée mais il était sûr que l'ambiance serait désormais électrique dans la longère.

***

Les trois équipiers étaient assis autour de la grande table et un silence de plomb régnait dans la pièce. Depuis les évènements de la veille, aucune parole n'avait été échangée et chacun avait dîné dans son coin. Le petit-déjeuner avait également été pris en silence et tous attendaient la visite de leur chef. Celui-ci tardait à venir. Il était presque dix heures et ils n'avaient eu aucune nouvelle. Personne ne s'était lancé dans une activité. Ils en étaient donc là, à patienter lorsque la porte en bois s'ouvrit enfin. Nimbé de lumière, Jim leur apparut tel un ange tombé du ciel. La scène était presque surréaliste. Ils ne purent détailler le visage de celui ou de celle qui était devant eux.

- Bonjour à tous, dit une voix grave.

C'était bien un homme… en tout cas la voix était masculine.

- Vous vouliez me voir, me voici.

Il fit un pas et referma la porte derrière lui. De la lumière, il passa à l'ombre. Aucun des trois ne pouvait voir son visage.

- J'ai été très déçu de votre comportement d'hier. Je m'attendais à plus de civilité, surtout de ta part Rollin.

Un nouveau silence s'abattit dans le quartier général.

- J'espère que ce genre d'évènement n'arrivera plus. Je compte sur vous pour la réussite de ce plan. Chacun d'entre vous a ses qualités et ses défauts. Chacun a ses raisons d'être ici. Chacun apporte sa pièce à ce plan. Mais n'oubliez pas qu'individuellement, vous… nous ne sommes rien. Ce n'est qu'ensemble qu'on pourra se faire des millions !

Sur ces paroles, Jim s'avança vers la lumière du néon.

***

Vendredi 22 septembre 2017, D106, forêt de Liffré, aux alentours de 10h

Enfin, le grand jour est arrivé. Ils avaient eu l'information le week-end précédent et répété tous les soirs de la semaine. Le plan était parfait. Les quatre membres de l'équipe n'avaient aucun doute sur sa réussite. Le soleil brillait généreusement par cette belle matinée. Quelques voitures circulaient sur la route reliant Chasné-sur-Illet à Liffré mais rien qui ne viendrait entraver la mécanique redoutable qui se mettait en place. Jim, cagoulé, était au volant d'une berline noire, une Renault Mégane. Il attendait, planqué sur une route forestière ; à ses côtés Cinnamon, masquée également, regardait l'écran de l'ordinateur posé sur ses genoux.

- Ils sont à Chasné, tenons nous prêt, dit-elle.

Sur son écran, un point lumineux venait à leur rencontre. A côté de leur berline, se trouvait un des deux utilitaires que Willy avait dégoté, un Partner blanc dont il avait trafiqué le moteur. Le jeune homme, visage cagoulé, était installé au volant et attendait patiemment le signal en fumant une clope. Cette fois, pas question de prendre un joint.

Plus près de Liffré, en aval de la route, Rollin était dans le second utilitaire, un Ford Transit gris. Sur le bas côté, moteur allumé et talkie-walkie sur le tableau de bord, il était prêt à intervenir à tous moments.

Le point lumineux approchait de la position de Jim, Cinnamon et Willy. Enfin, ils le virent apparaître. Le camion blindé du convoi de fonds allait bientôt leur passer devant. Jim était prêt, des gouttes de sueur perlaient sur son front, le soleil tapait fort dans les vitres.

- TOP, cria-t-il dans le talkie.

L'effet fût le même que les trois coups au théâtre, la pièce commençait.

Rollin embraya et se dirigea à contre sens vers le fourgon à allure régulière. L'apercevant à moins de cent mètres, il se mit brusquement en travers de la route.

Jim, au volant de la Mégane, avait démarré au même instant et suivait le blindé. Lui-même était suivi du véhicule conduit par Willy.

Apercevant le Ford Transit en travers de la route, le fourgon ralentit. Pendant ce temps, Rollin, cagoulé, sortit du véhicule et s'approcha du convoi, armé de deux kalachnikov. Les convoyeurs stoppèrent. Ils étaient à moins de vingt mètres du véhicule qui leur barrait la route.

Tout s'accéléra.

Jim se mit également en travers de la route avec la berline et apercevant, de l'autre côté, Rollin approcher du blindé donna un second top pour Cinnamon. Celle-ci pressa une touche de son ordinateur et le Ford Transit explosa.

Pendant ce temps, Willy manœuvrait derrière la Mégane pour mettre le Partner prêt à repartir vers Chasné-sur-Illet, ouvrait le coffre et en sortait des diables. Rollin, dont le véhicule brûlait derrière lui, tenait toujours en joue les deux convoyeurs qui avaient déclenché l'alerte selon le protocole. Malheureusement pour eux, le protocole n'irait pas jusqu'au bout car Cinnamon avait bloqué le système de sécurité. Jim, quant à lui, appliqua rapidement mais minutieusement des explosifs sur la porte arrière du fourgon et courut se réfugier prêt de l'utilitaire de Willy, suivi de Cinnamon qui pressa une nouvelle touche de son écran. L'explosion fit voler la porte du blindé. Tous, sauf Rollin toujours de l'autre côté, se précipitèrent avec les diables vers le fourgon désormais ouvert. Ils firent des allers-et-retours en transportant les sacs de billets jusque dans le Partner.

Le camion fut vidé en moins de dix minutes. Mais, une voiture arrivait de Chasné et stoppa devant l'utilitaire de Willy. Jim, toujours cagoulé, prit une arme dans le coffre de l'utilitaire et s'approcha de l'importun.

- Demi-tour, aboya le chef de la bande.

La conductrice, paniquée, s'exécuta rapidement et s'éloigna.

- On y va, cria Jim en faisant un grand signe à Rollin, toujours de l'autre coté du fourgon.

Willy s'installa au volant et les autres montèrent à l'arrière du véhicule et fermèrent les portes. Pendant que leur conducteur démarrait sur les chapeaux de roue, Cinnamon pressa encore une touche de son clavier. La Mégane vola en éclats. Les convoyeurs se retrouvèrent bloqués entre deux véhicules en flamme. Le chauffeur menait le nouveau convoi à un train d'enfer sur les petites routes de campagne. Ils arrivèrent au château du bordage à Ercé-près-Liffré en un temps record, cinq minutes. A peine débarqués, ils transportèrent les sacs de billets sur la plateforme construite pour l'occasion dans le souterrain. La manœuvre prit quelques minutes et une fois fait, les quatre protagonistes observèrent en silence leur butin flotter sur l'eau.

- Rideau, dit Jim. Pas de temps à perdre. On rentre tous au quartier général, nous reviendrons chercher l'argent quand il y aura moins de flics dans le secteur car dans quelques instants, il y en aura partout.

- Quand est-ce qu'on revient ? demanda Cinnamon excitée par tout ça.

- J'espère dès dimanche soir… sinon le week-end prochain. Ne vous inquiétez pas, d'ici là, personne ne viendra.

Le malheureux Jim ne savait pas que les événements prendraient une toute autre tournure.

***

Rentrés au quartier général, les quatre malfaiteurs rangèrent leur véhicule dans le garage, à côté de la longère. Comme prévu dans le plan, ils s'activèrent pour repeindre la carrosserie en bleu et changer les plaques d'immatriculation. Cela fait, ils se retrouvèrent dans la pièce principale de leur QG, une bière bien fraîche à la main. Ils se félicitaient et trinquèrent à la réussite totale du plan.

- Merci à tous, dit Jim encore ému par ce succès. Ce plan a été exécuté à la perfection grâce à vous. Ce fourgon contenait plus de cinq millions d'euros et chacun aura sa part, comme prévu. Le plus dur, je le sais, va être d'attendre que tout se calme pour récupérer l'argent.

Le chef de l'opération marqua une pause puis reprit :

- Les flics ne pourront pas nous retrouver. Nous avons détruit toutes les preuves dans les explosions.

- Il reste cet ordinateur, dit Cinnamon en désignant l'objet posé sur la table.

- Nous allons le brûler dans la cheminée de la pièce à côté puis attendrons ensemble ici avant d'aller chercher l'argent au meilleur moment. Ensuite, nous nous séparerons et nous n'aurons plus aucun contact. Chacun mènera la vie qu'il voudra.

- Vous ferez quoi vous ? demanda Willy à son chef.

- Désolé, je ne peux pas vous répondre. Aucune question personnelle, ça vaut mieux.

Un nouveau silence s'abattit. Chacun regardait le fond de sa cannette. Cinnamon rêvait de partir en Chine, loin de ses parents mais proche des meilleures technologies. Willy s'imaginait déjà conduire sa Porsche. Rollin, se voyait retourner à sa pêche. Il ne s'imaginait pas faire autre chose. Finalement sa retraite lui plaisait bien.

Tandis que leur rêve leur semblait à portée de main, ils ne se doutaient pas que la suite les briserait.

***

Jeudi 28 septembre 2017, Château du bordage, Ercé-près-Liffré, 23h

Le Partner bleu s'avançait sur la petite route qui menait aux ruines du château. Willy conduisait avec Jim à ses côtés. Dans le coffre, Rollin et Cinnamon étaient assis, attendant silencieusement le signal. Le jeune homme gara le véhicule le plus près possible de l'accès au souterrain puis en sortit, accompagné de son chef. Lequel frappa deux petits coups sur le fourgon pour que les deux autres compères sortent. Tous les quatre se dirigèrent vers l'escalier qu'ils avaient emprunté près d'une semaine plus tôt afin d'y amener l'argent. Chacun muni d'une torche, ils descendirent dans les anciennes douves, Jim ouvrant la marche. Lorsqu'il arriva en bas, Jim stoppa net. Son visage se décomposa. Derrière lui, Cinnamon ne voyait rien et demanda :

- Qu'est-ce-qui se passe Jim ?

L'intéressé s'écarta, toujours stupéfait par ce qu'il voyait. Ses trois équipiers s'approchèrent et affichèrent la même mine déconfite.

- Qui a fait ça ? demanda calmement Jim qui retrouvait l'usage de la parole.

Personne ne répondit, chacun y allait de son avis. Le chef s'essuya les yeux de la main droite. Il n'en revenait pas. Qui

114

l'avait doublé ? Ce n'était pas possible. Il les avait surveillé tous les trois. Si ce n'est aucun des trois ? Qui ? Un promeneur venu ici par hasard ? Il n'y a jamais personne qui vient ici. Et puis Lomain, le propriétaire des lieux, était parti, Jim s'en était assuré car il aurait dû s'en occuper autrement. Non, il doit bien y avoir une explication logique à tout ça. Les autres étaient comme Jim, leur esprit bouillonnait des théories les plus folles. Et si leur chef les avait dupés ? S'il voulait avoir les cinq millions pour lui seul ? Mais alors il avait un autre complice qui est venu chercher l'argent ? Non, ce n'était pas logique. Alors qui ? Tous les quatre en arrivaient à la même conclusion, ils s'étaient fait avoir et tous les quatre. Rollin, qui avait le plus d'expérience et déjà connu quelques désillusions prit la parole :

- Quelqu'un a été plus malin que nous Jim. Il faut rebondir et trouver qui est cette personne. Cinq millions ne peuvent pas s'évanouir dans la nature d'un claquement de doigts.

- Tu as raison, répondit le chef, ne nous laissons pas abattre. Cet argent c'est le nôtre et on le retrouvera coûte que coûte !

***

Les jours passèrent lentement pour les quatre malfrats qui s'étaient séparés à la suite de leur déconvenue. Jim devait les contacter s'il avait du nouveau. Nul doute que celui-ci allait faire marcher son réseau pour retrouver le butin perdu. De son côté, Cinnamon explorait les différents mouvements bancaires de la région mais elle n'observa rien qui vaille la peine d'être signalé. Elle s'impatientait, d'autant plus que la rentrée universitaire approchait à grands pas. Retrouver les salles de cours ne la dérangeait pas mais elle supportait mal l'idée de revoir ses camarades.

De son côté, Rollin était retourné à ses activités de retraité. Finalement il s'en fichait bien de l'argent. Il avait pris beaucoup de plaisir à réaliser ce casse. Le magot n'était que la cerise sur le gâteau. Et puis, si ça fait plaisir à quelqu'un d'autre, tant mieux, se disait-il. Il n'était pas vraiment pressé d'avoir des nouvelles de Jim, contrairement à Willy. Lui, rongeait son frein dans son petit garage en fumant joint sur joint. Le soir, il était complètement défoncé ce qui lui permettait de se remettre à rêver et survoler les routes dans sa voiture tant espérée. Aucune nouvelle depuis plus d'une semaine, qu'est-ce qu'il foutait le chef ? Et s'il s'était vraiment foutu de leurs gueules finalement ? S'il avait vraiment disparu avec tout le blé ? Le jeune homme n'en pouvait plus d'attendre et il ne savait pas comment contacter les autres.

***

Vendredi 13 octobre 2017, Jour de chance

La nuit était noire lorsque l'équipe se réunit sur les coups de trois heures du matin à son quartier général. Excepté Jim qui semblait frais, les autres membres avaient des mines épuisées, ils venaient d'être coupés dans leur sommeil. Leur chef les avait contactés une heure auparavant, il leur fallait se réunir de nouveau car il y avait du neuf. Affalés dans leurs fauteuils, ils écoutaient les instructions de Jim, qui tournait en rond dans la pièce.

- J'ai découvert qui a piqué notre butin. Il s'agit d'un groupe de quatre géocacheurs : Gabriel Couvreur, qui a été retrouvé assassiné, Alix Meunier, Roland Loisel et Lino Rinaldi. Ces quatre malins sont venus chercher un trésor au château du bordage. Ils ont dû tomber par hasard sur notre argent et s'en s'ont emparé. Je pense qu'ils ont caché le magot ailleurs, il nous reste à trouver où. Pour ce faire, nous procéderons à l'enlèvement de Monsieur Rinaldi. J'ai étudié son profil, je pense que c'est le plus loquace des trois. De plus, madame Meunier est actuellement entendue par la section de recherches de Rennes.

- Un enlèvement ? demanda Cinnamon effarée.

- Ne t'inquiète pas, normalement il parlera avant d'avoir mal, répondit durement son chef. Lino Rinaldi habite au Rheu. Rollin et Willy, vous irez le chercher chez lui au petit matin. Pendant ce temps, avec Cinnamon, nous allons lui préparer sa cellule. Un petit endroit que je tenais prêt au cas où. Je vous expliquerai la marche à suivre plus tard mais je vais devoir piloter le déroulé des évènements à distance. Alors vous ne prendrez aucune initiative sans m'en parler avant. Si vous voulez retrouver l'argent, il faut me faire confiance. J'ai un nouveau plan.

***

Dans la pénombre, Cinnamon observait Lino dans sa cellule. Elle avait des remords, le pauvre semblait complètement fou. Drogué, enfermé et aveuglé par cette horrible lumière. Il délirait. Cela semblait amuser Willy mais ça ne l'amusait pas vraiment elle. Rollin ne disait rien, elle ne savait pas s'il approuvait ce plan machiavélique. Elle n'osait pas discuter de ses états d'âme avec les autres. Elle souhaitait que Rinaldi parle et le plus vite possible que tout cela finisse. L'argent, en ce moment elle n'en avait plus rien à faire. Elle voulait que cet homme avoue et raconte tout pour qu'on le laisse repartir sain et sauf.

Willy venait d'appeler Jim qui lui avait dit de laisser Lino se reposer maintenant que le délire était passé. La prochaine étape était l'interrogatoire. Leur invité allait-il parler ? Pas sûr. Et s'il ne disait rien ? Cet homme ne semblait rien savoir. Faisait-il l'ignare où ne savait-il vraiment rien ? Jim s'était-il trompé ? Non, leur chef est trop précis pour pouvoir se tromper.

Assise face à un écran, la jeune brune jouait avec ses cheveux. Elle était nerveuse. La future phase approchait.

- Cet imbécile ne veut pas causer, dit Willy en s'approchant d'elle sous le regard de Rollin assis dans un coin.

- Peut être qu'il ne sait rien, osa-t-elle.

- Il sait quelque chose, je le sens.

- Comment peux-tu en être aussi sûr ?

- Parce que Jim l'a dit, bien sûr !

C'était vrai, la jeune femme ne pouvait le nier. Leur chef avait toujours eu raison et était très persuasif. Elle reprit :

- Et maintenant, que va-t-on faire ?

- On attend les ordres mais la machine est prête.

- On ne va pas le tuer, hein ?

- J'espère que non, dit Rollin en se redressant.

- J'espère bien que oui, dit Willy avec un sourire mauvais. Cette crapule nous a piqué notre pognon.

- Je ne suis pas sûr que ce soit une raison valable pour tuer, répondit le retraité en regardant Cinnamon dans les yeux.

Tous les deux se comprenaient. Ils n'avaient pas envie d'ôter une vie pour de l'argent. Voler, oui. Avoir du sang sur les mains, c'était autre chose.

- Et si le plan de Jim fonctionne, nous n'aurons pas besoin d'aller jusque là, dit la jeune femme pour se rassurer.

Rollin s'approcha des deux autres, devant l'écran d'ordinateur.

- Ça fait bientôt deux heures que tu as envoyé le message aux autres, Jim ne devrait pas tarder à venir pour la suite. Tout est prêt de ton côté Cinnamon ?

- Oui, je suis prête à diffuser. Aucune chance qu'ils nous localisent, l'adresse IP les enverra aux quatre coins du monde.

- En espérant que la terre ne soit pas ronde, répondit Willy en rigolant.

Sur ce rire, la porte grinça. C'était Jim qui arrivait. Il s'approcha de ses trois équipiers et regarda sa montre.

- Il nous reste trois minutes, tout est prêt ?

- Affirmatif, dit Rollin.

- Parfait, nous allons pouvoir lancer la prochaine phase !

Partie 3
Le ciel jaune

Vendredi 13 octobre 2017, presque minuit.

Trois minutes…

Moulins à café, magazines, journaux…

Deux minutes…

Ouest-France du 23 septembre, le jour de la sortie géocaching…

Une minute…

Bordel, j'ai compris ! Laissa échapper Eléonore malgré elle. Se saisissant du journal, elle le montra aux autres.

- C'est ça que vous avez trouvé, dit-elle.

La Une de Ouest France indiquait : Braquage spectaculaire au nord de Rennes ! Sous ce titre accrocheur, la photographie d'un véhicule carbonisé avec en arrière plan un fourgon blindé.

- Vous avez trouvé le butin ?

Alix, Roland et Françoise se regardèrent. Personne n'osa parler. Les sonneries de deux portables brisèrent le silence. C'étaient les téléphones des géocacheurs. Ils avaient reçu un message. Le même. Il s'agissait d'un lien internet. Eléonore s'était approchée de Roland pour le voir.

- Ouvrez-le s'il vous plait, demanda la gendarme.

Françoise et Alix avancèrent. Tous fixaient le petit écran avec la même boule au ventre. L'homme s'exécuta puis une page web s'ouvrit. On y voyait en temps réel Lino Rinaldi allongé à même le sol dans le noir. L'image était celle d'une caméra infrarouge. Pendant quelques secondes, ils purent observer le géocacheur ramper telle une bête à l'agonie. Puis, une voix robotique sortit de l'appareil :

- Nous allons actionner une vanne qui, lentement, remplira d'eau le cube dans lequel se trouve votre ami. La cage sera entièrement remplie dans vingt-quatre heures, ce qui vous laisse un peu de temps pour vous décider. Lorsque vous serez prêts, merci de nous envoyer l'adresse ou les coordonnées de l'endroit où se trouve l'argent en répondant au message reçu.

La voix se tut puis un bruit métallique se fit entendre.

- Les vannes sont actionnées. Vous disposez maintenant de vingt-quatre heures avant que votre ami ne meure noyé. Profitez bien du spectacle et surtout ne prévenez pas la police.

Une lumière puissante satura l'écran qui devint blanc puis la caméra se déplaça. Désormais, Lino était bien visible et l'on pouvait apercevoir l'eau qui ruisselait le long d'une paroi pour venir s'échouer sur le sol. Le compte à rebours était lancé.

***

- Putain, les gars, dites-nous que vous savez d'où est émis ce merdier.

La voix d'Eléonore dans le téléphone perça les tympans de Damien. Dans son bureau, il faisait face à Frank. Le jeune officier s'était installé à la place de la gendarme, juste sous Roger Moore et pianotait nerveusement sur un ordinateur. Il leva sa tête à la tignasse blonde et fit signe que non au lieutenant qui répondit par la négative à sa collègue.

- Nous avons moins d'une journée, la vie d'un homme en dépend, hurla encore la gendarme.

- Je sais, on fait tout ce qu'on peut pour le moment. Frank est au taquet, il va finir par avoir les phalanges en sang. On devrait peut être avertir les autres, non ?

- On voit ce que peut faire Frank d'ici neuf heures, ensuite on avisera.

- Tu es sûre ?

- Certaine, ils nous ont bien dit de ne pas avertir les flics donc tant que nous ne sommes que trois au courant ça va… ensuite il pourrait y avoir des fuites, sans mauvais jeu de mot et la conséquence pourrait être dramatique.

- D'accord, je te suis mais à neuf heures précises on appelle la cavalerie. Je te préviens dès qu'on a du nouveau.

- De mon côté, je vais essayer d'en savoir un peu plus avec les loustics que j'ai ici.

Ils raccrochèrent sans un mot de plus. Damien était tendu car il ne savait pas quoi faire à part encourager son collègue. Il lui proposa un café pour aller se dégourdir les pattes. Le jeune officier accepta sans lever la tête. Le gendarme se promena donc dans les couloirs en repensant à toute cette affaire. Décidément, ils allaient de surprise en surprise. Deux morts, un enlèvement et maintenant une torture en directe, jusqu'où allait cette histoire ? Qui était derrière tout ça ?

***

Le contact froid de l'eau lui avait fait reprendre ses esprits. Lino s'était dressé et mis difficilement debout. Il tenait dans cette position grâce à la paroi de verre. Il avait du mal à réfléchir et ne comprit pas tout de suite ce qui se passait. L'eau commençait tout doucement à recouvrir ses doigts de pieds lorsqu'il se sentit en danger. Son cerveau bouillonnait. Mais oui, la cage était étanche et on s'amusait à la remplir d'eau froide. Enfin, il prit conscience du danger et paniqua. Il tapa des poings sur la paroi et hurla. Mais personne ne l'entendait ou plutôt ne semblait l'entendre car de l'autre côté de la vitre, Jim et son équipe veillaient. Insensibles face aux appels de Lino, les quatre complices l'observaient en silence.

***

Malgré la grande menace qui pesait sur leur ami, les géocacheurs restaient muets comme des carpes. Ils ne voulaient pas dire à Eléonore où était caché le butin. De toute évidence, quelqu'un leur faisait peur. La gendarme avait beau leur dire qu'elle pouvait les protéger, rien ne les fit virer de bord. Ils campaient sur leur position : garder le silence.

- Trouver Lino est votre priorité, répétait Roland Loisel.

- Nous n'avons rien à vous dire, disait Alix Meunier.

- Comment puis-je retrouver votre ami, si vous ne me faites pas confiance, rétorquait Eléonore.

- Vous avez ma confiance madame, dit Roland. Pour trouver notre ami et arrêter ces personnes.

- Je ne vous lâcherai pas, l'histoire est trop grave pour qu'on s'arrête à ça.

Il était près de deux heures du matin lorsque Damien la rappela :

- Tu as du nouveau ? dit-elle sans préambule en allant et venant dans le salon.

- Non, mais j'ai une idée !

- Ah bon ? Laquelle ?

- Si on leur tendait un piège en leur annonçant un faux endroit où nous pourrions les capturer ?

- C'est complètement fou !

- Vraisemblablement, ils ne savent pas encore qu'une partie de la police est au courant… ça vaut le coup d'essayer non ?

Eléonore réfléchit un instant. Elle s'arrêta devant une carte de Rennes qu'elle n'avait pas encore remarquée.

- Tu as une idée d'endroit ?

- Non, et toi ?

- Je pense que nos amis vont en trouver une !

En répondant, la gendarme s'était tournée vers les géocacheurs qui tous les trois la regardèrent d'un air suspicieux. Elle raccrocha puis s'adressa à eux :

- Si vous deviez cacher un trésor, où le mettriez-vous ?

***

Le rendez-vous avait été fixé à 7h, dans cet endroit inédit. Alix et Roland étaient nerveux, ils attendaient sur le ponton de la zone humide du Pont Lagot, situé pile au niveau d'un échangeur routier. Le jour n'était pas encore levé et tout était calme ici. En planque de l'autre côté de la mare, Damien et Eléonore veillaient, les géocacheurs bien en vue dans leurs jumelles à vision nocturne. Ils n'avaient pu attendre que le jour se lève et devaient faire avec les conditions qui s'offraient à eux. Il ne pleuvait pas mais le ciel n'était pas dégagé pour autant. Cependant, les lumières de la ville se reflétant dans les nuages leur offraient une très légère clarté.

- Il n'y a qu'un seul accès, chuchota Damien, ils ne peuvent pas nous échapper.

- Je l'espère, répondit sa coéquipière dans un souffle.

Roland regarda sa montre, il était pile sept heures. Son cœur cognait fort contre sa poitrine. A ses côtés, la jeune géocacheuse n'en menait pas large non plus. Elle avait la gorge serrée et regardait attentivement en direction de la route.

***

Frank cherchait toujours d'où provenait la diffusion de la cage en verre. Il n'aboutissait à rien. Celui ou celle qui était de l'autre côté le baladait dans le monde. C'était un super hacker, plus fort que lui, il fallait bien le reconnaître. Le jeune officier était arrivé au bout de ses possibilités, il le savait. Ses espoirs reposaient maintenant sur le piège que Damien avait monté. Il posa ses yeux sur les terribles images diffusées. Le pauvre Lino avait le l'eau jusqu'au bassin désormais. Il avait cessé de se débattre. Il avait cessé ses appels au secours. Il avait peut-être même cessé d'y croire. Maintenant, il patientait. Il connaissait son destin. Les cartes étaient battues. Il n'y avait qu'une seule issue. A moins d'un miracle dans les dix-sept heures qui restaient.

L'écran se brouilla soudainement. Frank ne voyait plus la cage se remplissant d'eau. Puis, une autre image apparut, thermique celle-ci. Sur le coup, l'officier se dit que la lumière avait juste été coupée, mais non. Il s'agissait des silhouettes de Damien et Eléonore cachées près de la mare. Vite, Frank prit son téléphone et les appela.

- Dégagez ! Putain, dégagez, hurla le jeune gendarme dès que son collègue décrocha.

- Qu'est ce qu'il se passe Frank ?

- ILS sont en train de vous filmer. ILS savent que vous êtes là !

Le gendarme fût coupé par une voix qui sortait de son PC :

- Vous vous êtes moqués de nous ! Nous augmentons le débit des vannes, il vous reste six heures.

- Vous avez entendu ? demanda Frank à ses coéquipiers.

- Oui et c'est la merde, répondit Damien. On rentre tous à la gendarmerie et on met nos collègues sur le coup.

- Je vous attends.

Le jeune officier raccrocha. Il regardait les images de vision thermique diffusées sur son écran, sûrement prises par un drone de repérage. Décidément, ILS étaient très bien équipés. Puis, l'image se brouilla encore et Frank put de nouveau voir Lino dans son tombeau.

***

Samedi 14 octobre 2017, 8h39

Luter était de fort mauvaise humeur. Damien, Eléonore et Frank en avaient pris pour leur grade. Leur supérieur leur avait rappelé un des principes de base : aucune initiative personnelle. La hiérarchie doit toujours être informée. Résultat : un homme était en danger de mort d'un instant à l'autre. Sur le mur de la salle de réunion passaient les images de Lino Rinaldi avec de l'eau au niveau de la poitrine. Inutile de faire un long discours pour savoir ce qui l'attendait. Tous les officiers présents avaient compris. L'équipe technique travaillait d'arrache-pied pour trouver d'où était émis le signal. De leur côté, Damien et Eléonore avaient été missionnés pour faire parler les géocacheurs. Lesquels avaient été mis en cellule à l'issue de la déroute matinale. Il fallait donc jouer sur les deux tableaux en même temps : repérer Lino et trouver le butin du casse. Mais Damien continuait de penser que son plan était bon. Maintenant qu'ils savaient qu'ils étaient équipés d'un drone, ils pouvaient retenter avec plus de vigilance.

- Justement, eux aussi seront plus vigilants, avait aboyé Luter à cette idée farfelue avant de le prier de sortir de son bureau.

Face aux machines à café, accoudés au mange-debout, les deux équipiers se faisaient face en sirotant le chaud breuvage.

- Tu es d'accord avec moi, non ? demanda Damien

- L'idée m'a paru bonne sur le coup mais maintenant je pense qu'il faut arrêter. Revenons aux bases et faisons parler nos amis géocacheurs.

- Mais tu as déjà essayé !

- Avec toi, ce sera différent, répondit Eléonore après avoir bu une gorgée. Allons les cuisiner !

***

Ce qui est formidable avec la nature humaine, c'est sa capacité à vouloir survivre même dans les cas les plus désespérés. Lino connaissait l'inexorable fin qui lui était destinée. Pourtant, il continuait d'y croire. Il n'allait bientôt plus avoir pied mais le cube était encore loin d'être rempli. Alors il trouvait des positions pour économiser ses forces. Il faisait la planche régulièrement et observait le plafond d'où émanait la lumière intense. Combien y avait-il entre lui et la paroi ? Un mètre ? Plus ? Y avait-il seulement un plafond ? Lino n'en était même pas sûr. Il réfléchissait. Comment se sortir de ce mauvais pas ? Il pouvait toujours inventer une réponse et cela lui ferait gagner du temps. Mais quelles seraient les conséquences d'un tel acte ? Bizarrement plus personne ne lui parlait depuis que l'eau avait commencé à remplir sa prison de verre. Qu'est-ce que ses ravisseurs manigançaient donc ? Et Valérie ? Robin ? Que devenaient-ils ? Pourvu qu'il ne leur soit rien arrivé, pensa-t-il.

Dans cette position et maintenant qu'il avait les idées claires, Lino cogitait. Mais son raisonnement le fit paniquer. Sa famille, qui la protégeait pendant que lui était là ?

***

Le véhicule de gendarmerie était venu chercher Valérie et Robin Rinaldi chez eux vers neuf heures. La jolie jeune femme avait les traits tirés. Elle n'avait pas fermé l'œil de la nuit. Assise sur un confortable fauteuil à côté de son fils, elle faisait face au capitaine Luter. Bien que celui-ci impressionnait par son imposante carrure et se voulait rassurant, elle était toujours aussi tendue. D'autant plus que la nouvelle qu'il venait de lui annoncer n'était pas des meilleures. Elle avait refusé de voir les images de son mari dans son funeste bain. Les descriptions du capitaine lui ayant suffi, même si elles étaient succinctes pour ne pas terroriser le petit garçon qui tentait de comprendre la situation.

- Vous allez le retrouver hein, avait-elle affirmé.

Il s'agissait des seuls mots qu'elle pouvait prononcer.

- Nous faisons tout notre possible. Il ne nous reste que trois petites heures pour le trouver.

Luter marqua une pause puis dit très doucement :

- Peut-être savez-vous où Lino et ses amis géocacheurs ont dissimulé l'argent qu'ils ont trouvé ?

Valérie Rinaldi resta muette et le capitaine reprit :

- C'est vital pour votre mari. Cette information est primordiale.

Cette fois, la jeune femme put prononcer quelques mots dans un sanglot :

- Je savais que cette histoire n'allait nous apporter que des ennuis. Je lui avais demandé de ne pas toucher à ça et je ne voulais plus en entendre parler. C'était complètement dingue. Alors, il ne m'a rien dit. Rien du tout. Je ne peux pas vous aider.

Le gendarme s'adressa au jeune garçon qui était très impressionné par l'uniforme et la carrure de l'homme en face de lui.

- Et toi Robin, ton papa ne t'a rien dit ? T'a-t-il parlé d'un trésor qu'il aurait caché ?

- Mon papa, il trouve des trésors ! dit l'enfant fièrement.

Luter était tout ouïe.

- Oui, et j'en trouve aussi avec lui. Il y a des bonbons, même.

Devant l'innocence de son fils et la mine déconfite du gendarme, Valérie esquissa un léger sourire puis expliqua :

- Robin parle du géocaching.

Luter sourit à son tour devant sa crédulité. Cependant, il restait peu de temps pour trouver Lino et pas la moindre piste sur l'endroit où se cachait le fameux butin.

**

10h25

Sur l'écran face à Frank, Lino Rinaldi faisait la planche. Il n'avait plus pied depuis quelques minutes maintenant mais il restait un peu de temps avant que le cube ne soit entièrement rempli. L'équipe technique n'arrivait pas à trouver d'où émanaient ces images. Ils se retrouvaient confrontés au même problème que le jeune officier quelques heures plus tôt. Ceux qui avaient monté le coup étaient très très forts. Damien et Eléonore venaient de le rejoindre pour voir s'il avait pu avancer un peu. Malheureusement, il n'avait aucune bonne nouvelle à leur donner. De leur côté, ils ne progressaient guère plus, les géocacheurs restaient muets sur l'affaire.

- Ils ont peur, dit la gendarme.

- De quoi ?

- Quelqu'un ou quelque chose leur fait peur. Ils sont sous pression, j'en suis persuadée.

- De là à ne pas nous aider pour sauver leur ami ?

- N'oublie pas qu'ils ne sont pas si proches que ça.

- Quand même, la vie d'un homme est en jeu !

- Je suis sûre qu'il y a autre chose… Quelqu'un d'autre qui tire les ficelles de tout ça. Quelqu'un qui leur impose de se taire !

- Qui ?

- Ressors ton carnet Damien et reprenons l'affaire depuis le début. Depuis la mort de Gabriel Couvreur. Je pense que nous avons omis quelque chose.

***

Devant la paroi de verre, Willy était comme un gosse devant un dessin animé, il profitait du spectacle.

- Il est fort le type, jusqu'au bout il ne dira rien.

- C'est qu'il ne sait rien, dit Rollin dégouté qui avait le regard dans le vide.

- Ou qu'on peut lui confier de gros secrets, dit le jeune homme en rigolant.

Devant son écran, Cinnamon était aussi dégoutée que Rollin. En silence, elle observait les deux hommes. Pendant que l'un se délectait, l'autre se morfondait. Son regard oscillait entre ses deux équipiers et le pauvre homme qui surnageait dans sa prison. Il restait un peu plus de deux heures si les calculs de Jim étaient justes. Ce dernier était parti au lever du jour, les laissant seuls face à cet horrible spectacle. La jeune femme n'en pouvait plus, elle observait Rollin qui la fixa à son tour. L'œil était vif, plein de malice. C'est au moment où leurs regards se croisèrent qu'elle sut ce qu'elle avait à faire. Tant pis pour le pognon mais elle n'aurait jamais la mort d'un homme sur la conscience.

***

10h58

La lecture terminée, les deux gendarmes étudiaient la dernière page du carnet.

- *Gabriel Couvreur « Gabi 35 » - MORT*
- *Alix Meunier « Alix35 »*
- *Roland Loisel « Fantômas »*
- *Lino Rinaldi « Valiro » - INTROUVABLE*

Guillaume Morel – Journaliste – a découvert le corps de Couvreur puis enquêté seul – MORT

Questions :

- *Que s'est-il passé au château du bordage ?*
- *Qui a posé la cache au bordage ?*
- *Où est Rinaldi ?*
- *Jamila Couvreur – Lien avec les deux morts ? Mari et amant ?*

Depuis, le lieutenant n'avait rien écrit. Les évènements s'étaient précipité depuis cette nuit et il n'avait pas rouvert son calepin. Désormais, certaines questions avaient des réponses mais celle concernant madame Couvreur restait en suspens.

- Tu as raison Damien, et si Jamila était notre chaînon manquant ?

Le gendarme n'eut pas l'occasion de répondre car Frank cria :

- On l'a ! Je sais où est Lino Rinaldi !

- T'es trop fort, dit Eléonore avec entrain. Comment t'as fait ?

- Je ne sais pas vraiment, l'adresse IP émettrice s'est enfin stabilisée.

- Et c'est où ?

- Une entreprise de transports à Bréal-sous-Montfort.

- On alerte tout le monde et on s'y rend sans tarder, go !

***

11h25

Une fois le brouillard matinal dissipé, le soleil était encore chaud en ce mois d'octobre. Les quelques badauds présents furent impressionnés par l'arrivée des fourgons du GIGN dans la zone industrielle de Bréal-sous-Montfort. Ils avaient mis une petite demi-heure à rejoindre l'entreprise de transports. Celle-ci n'était pas difficile à repérer, des dizaines de containers étant bien visibles depuis la quatre voies reliant Rennes à Lorient. Eléonore et Damien suivaient en voiture l'équipe d'intervention. Connectés à Frank par oreillettes, celui-ci les prévint :

- Il faut se grouiller pour trouver le bon container, le gars commence à fatiguer dans sa piscine.

- Il faut qu'il résiste encore un peu, le GIGN va le trouver sans tarder.

Ils étaient tous parvenus sur le grand parking de l'entreprise où les camions devaient manœuvrer pour déposer et reprendre des containers. Le groupe d'intervention mit en place rapidement un périmètre de sécurité avant d'entamer les recherches. Puis, prudemment et méthodiquement ils ouvrirent les caissons métalliques un à un. Répartis par petits groupes, les agents spéciaux suivaient un timing finement réglé. Après quelques recherches infructueuses, un membre du GIGN fit signe que le bon avait été trouvé. Le container fut sécurisé et les deux enquêteurs purent y pénétrer.

En entrant, ils furent impressionnés par le cube de verre qui se trouvait devant eux. Un petit espace séparait l'entrée de la prison. Mais celui-ci disposait de chaises, d'un fauteuil, d'un bureau avec un ordinateur et de quelques caisses contenant du matériel. A droite, adossé à l'une d'elle, un homme gisait ligoté. En face, la prison remplie d'eau était illuminée et Lino se débattait.

- Il faut défoncer la paroi, hurla Eléonore à un gars du groupe d'intervention.

Celui-ci ne broncha pas et attendit les ordres de son supérieur.

- Il y a peut être une vanne quelque part, suggéra Damien en s'approchant du cube pour l'inspecter.

Il ne trouva rien et un membre du GIGN vint demander à tout le monde de sortir du container. Un explosif allait être placé sur la paroi pour la faire sauter. En quelques secondes tout le monde fut dehors, y compris l'homme ligoté, respectant un périmètre de sécurité bien gardé. Une légère détonation se fit entendre et de l'eau se déversa sur le bitume. Deux membres de l'équipe d'intervention s'approchèrent rapidement du caisson pour aller récupérer Lino.

Quelques instants plus tard, celui-ci était allongé sur un brancard avec une couverture de survie. Eléonore tenta de lui parler mais l'homme était trop faible pour s'exprimer. Une ambulance vint le chercher et l'emmena à l'hôpital Pontchaillou de Rennes.

- Super Frank, tu peux être fier de toi, dit Eléonore en s'asseyant sur le sol.

Damien fit de même à ses côtés.

- On a sauvé ce pauvre homme, dit-il. Mais qui est l'autre gars ?

D'un hochement de tête, il avait désigné l'individu ligoté dans le container quelques instants auparavant et que deux membres du GIGN emmenaient de force.

- J'espère qu'il nous le dira. Il nous reste encore tant de mystères à percer dans cette affaire. On n'est pas près de se reposer !

***

La salle d'interrogatoire paraissait bien sombre à côté de la luminosité extérieure. L'homme avait enfin repris ses esprits, il était déjà presque seize heures. Les deux gendarmes en avaient profité pour passer chez eux prendre une bonne douche et un repas avant de revenir pour questionner ce jeune homme. Son visage dur et sa carrure athlétique lui donnaient un air mauvais. Il était assis et menotté face aux deux lieutenants qui, eux, se tenaient debout. Une simple table munie d'une caméra pour filmer l'entretien les séparait. Pendant que Damien sortait son calepin, Eléonore prit la parole, durement :

- Ton nom ?

- J'me rappelle plus.

- Tu veux jouer à ça, c'est la taule directe et pour un bon moment. Alors si tu veux que le juge soit clément, faudra faire un petit effort ! Je ne répéterai plus la question, ton nom ?

La réplique avait claqué comme un coup de tonnerre qui fit l'effet d'un électrochoc chez le jeune homme. Celui-ci se redressa et répondit :

- Anthony Pastre.

- Qu'est que tu faisais ligoté dans ce container ?

- J'me suis fait baiser par une jeunette et un vieillard.

- Reste poli mon grand et sois plus précis. Tu t'es fait avoir ?

- Ouais, ils avaient peur. C'est la nana qui vous a prévenus, j'en suis sûr. Quelle conne celle-là !

- Tu sais ce que ça veut dire POLI, P, O, L, I ?

Eléonore s'était fâchée. Elle commençait à en avoir marre de n'avoir aucune réponse et était fatiguée.

- Qui t'a doublé ?

- Je ne sais pas exactement qui ils sont, je ne connais que leur noms de code : Cinnamon la meuf et Rollin le vieux. C'est eux qui m'ont ligoté parce qu'ils ne voulaient pas qu'on fasse de mal à l'autre gars, Lino machin chose.

- Continue, c'était quoi le plan ? Pourquoi vous en prendre à lui ?

- Pour récupérer notre fric, ce p'tit con nous l'avait volé.

- Le butin du casse, c'est ça ?

- Oui, notre chef nous avait dit que ce Lino savait où il était. Mais il ne nous a jamais rien dit.

- Votre chef ? Celui qui a organisé l'attaque du convoi de fonds ?

Eléonore n'en pouvait plus, elle s'approcha d'Anthony qui hocha la tête…

- Et c'est qui ? avait demandé la gendarme dans un souffle, la gorge sèche.

- Jim, il se fait appeler Jim.

Cheveux épais et broussailleux, lunettes rondes et grossières, visage sévère et nez imposant. Le portrait robot était placardé sur un mur du bureau de Damien et Eléonore. En plus de cette esquisse, Anthony leur avait dit que Jim était grand et plutôt baraqué. C'est tout ce dont ils disposaient pour l'identifier. Cela suffirait-il, c'était moins sûr. Le jeune homme leur avait tout raconté. Toute l'histoire de la bande réunie par ce Jim. Un homme méticuleux à l'esprit très malin. Son plan était parfait. Pourtant une bande de géocacheurs avait tout fait capoter.

- Récapitulons, dit Damien debout face au portrait robot.

Il pointa de son index le visage dessiné sur la feuille et reprit la parole :

- Jim recrute trois membres, une hackeuse, un vieux spécialisé en explosifs et un pilote. Il les nomme Cinnamon, Rollin et Willy.

- Un fan de « *Mission : Impossible* », précisa Eléonore, pensive, affalée dans son fauteuil...

- Pendant des mois, ils préparent leur coup dans une longère de Saint Aubin d'Aubigné.

- Laquelle est en train d'être visitée par nos collègues…

- Enfin, le 22 septembre ils passent à l'action et dérobent l'argent du fourgon.

- Plus de cinq millions d'euros.

- Le 23, nos géocacheurs découvrent accidentellement le butin au château du Bordage.

141

- Gabriel Couvreur, Alix Meunier, Roland Loisel et Lino Rinaldi.

- Vraisemblablement, ces quatre personnes cachent leur trésor à un autre endroit.

- Que nous ne connaissons pas, complète la gendarme.

- Puis, continua Damien en se tournant cette fois vers sa coéquipière, le 4 octobre, Couvreur est assassiné. C'est le début de notre enquête.

- Qui le tue ? demanda Eléonore. La bande à Jim ?

- Quel intérêt avaient-ils de le tuer ? Et comment l'auraient-ils retrouvé ?

- Ses amis ?

- Ils ont tous un alibi et pourquoi vouloir sa mort ?

- Sa femme ?

- Ou l'amant de sa femme, proposa le lieutenant Béranger. On en revient toujours à elle.

- Ensuite Guillaume Morel mène sa propre enquête et s'approche rapidement de la vérité…

- On le fait taire le 12 octobre…

- Mais qui ?

- Même réponse que pour Couvreur, non ?

- Probable.

- Hier, 13 octobre, Lino Rinaldi est enlevé par la bande à Jim cette fois. Il est torturé.

- Pour le faire parler.

- Puis, Jim décide de faire pression sur les autres géocacheurs pour qu'ils parlent aussi.

- Personne ne lâche le morceau.

- Quelqu'un d'autre les tient… souffla Damien.

- Le tueur de Couvreur et Morel, s'exclama Eléonore. Je sens que nous approchons de la vérité.

En prononçant ces paroles, elle se mit à bailler. Son coéquipier remarqua ses traits tirés et regarda sa montre.

- On devrait se reposer, dit-il. Il est presque minuit, ça fait deux jours que nous n'avons pas dormi.

- Tu as raison, dormons là-dessus et demain nous y verrons plus clair.

Les deux gendarmes ne traînèrent pas et rentrèrent chez eux rapidement. La nuit portera-t-elle conseil ? Qui était ce Jim ? Qui était le tueur ?

***

Dimanche 15 octobre 2017, 10h45

Le soleil était levé depuis un bon moment et ses rayons filtraient à travers les volets roulants. Dans son lit, Damien se réveilla en sursaut. Il avait dormi d'une traite. Il se leva et ouvrit les volets, l'esprit encore embrumé. Il se fit un expresso à la machine et trouva un paquet de biscottes. Assis dans sa petite cuisine, il en beurra une, remontant peu à peu à la surface. Il ne se souvenait pas de ses rêves, il ne s'en souvenait jamais d'ailleurs. Puis, le café aidant, il repensa à son enquête. Deux objectifs désormais : retrouver Jim et retrouver le tueur.

Ce dernier devrait les mener au butin du casse. Et il devait forcément être un proche des géocacheurs… peut-être bien l'un deux. Mais lequel ? Il fallait à tout prix les faire parler… Une idée germa dans l'esprit de Damien. Et s'il prêchait le faux pour savoir le vrai. Oui, il avait un plan d'attaque. Alix Meunier et Roland Loisel étaient encore en garde à vue pour quelques heures normalement. Il pouvait les faire parler.

Lorsqu'il sortit de chez lui, le temps était déjà étonnamment chaud et une luminosité étrange éclairait le ciel. Les voitures étaient recouvertes d'une poussière orangée qui intrigua sans plus le lieutenant. Il arriva à la section de recherches vers onze heures trente et se mit en quête de sa coéquipière. Il ne la trouva pas. Damien croisa Frank qui lui dit qu'Eléonore n'était pas encore arrivée. Bon, se dit-il, elle doit encore se reposer.

Sous l'œil du capitaine Luter derrière la vitre sans tain, le lieutenant Béranger menait un nouvel interrogatoire d'Alix Meunier. Celle-ci avait les traits tirés et semblait à bout de nerfs.

- Que voulez-vous savoir ? demanda-t-elle d'une voix fatiguée.

- Je ne veux rien savoir, je sais tout.

La jeune femme fronça les sourcils, étonnée et demanda :

- Comment ça ?

- Je sais qui a tué votre ami !

Alix ne broncha pas, le gendarme poursuivit :

- Je vous refais brièvement l'histoire. Gabriel, Roland, Lino et vous-même découvrez le butin du vol par hasard lors d'une de

144

vos sorties géocaching. Ensemble, vous décidez de prendre l'argent et de le cacher dans un autre endroit.

Pas de réaction, il continua son récit :

- Oui, mais il y a une embrouille, dont je n'ai pas encore la teneur, avec Gabriel. Peut-être ne supporte-t-il pas toute cette affaire. Il menace peut-être de tout révéler à la police ?

La jeune femme restait silencieuse et attentive.

- Quelle que soit cette embrouille, vous devez vous en débarrasser. Et tous les trois, vous lui tendez un piège. Une nouvelle cache paraît, non loin de chez lui. Tout le monde est informé grâce au système d'alerte. Alors, vous y allez aussi. Vous le suivez. Il est seul et il fait nuit. Et là vous l'abattez.

- N'importe quoi, hurla Alix.

- Cette version se tient, n'est-ce pas ?

- C'est ridicule, j'étais dans mon lit cette nuit-là.

- Quelqu'un peut-il le prouver ?

- Non.

- CQFD, s'exclama Damien en levant les bras.

Alix était à bout, son cœur s'emballa et elle cria :

- Ce n'était pas Gabriel avec nous ce jour là.

Les bras du lieutenant retombèrent et il s'approcha de la jeune femme.

- Et qui était-ce ?

- C'était Jamila. C'est elle que vous cherchez.

***

Le soleil brillait puissamment et Eléonore avait chaud dans sa voiture. Elle était épuisée et avait dû boire beaucoup de café pour rester éveillée. Elle n'avait pas pu dormir cette nuit. Enfin, elle approchait du but. Elle attendait cela depuis si longtemps. Elle avait cogité toute la nuit et désormais, avait un plan. Un plan plus fort que celui de Jim. Mais pour cela, elle avait besoin d'un appât. Ses réflexions l'avaient amenée jusqu'à Jamila Couvreur. Tout la ramenait à elle. Depuis le début. Ils avaient été trop tendres avec elle. Ils auraient dû creuser cette affaire d'adultère. Mais non, Damien et elle avaient été happés par toute cette histoire : un deuxième mort, la sortie géocaching, l'enlèvement, l'attaque des convoyeurs. Mais en filigrane, il ne s'agissait que d'une banale histoire d'amour qui a tourné au drame. Qui était l'amant ? On s'en fichait pas mal. La coupable était Jamila, Eléonore en était sûre. Et cette femme allait désormais lui être utile. Elle était la pièce essentielle pour atteindre son but final.

La gendarme s'était garée discrètement, rue de la Raimbauderie, à Betton, non loin de la maison des Couvreur. Elle sortit lentement de sa voiture. L'effet du café était encore actif mais elle sentait la fatigue sous jacente. Eléonore s'approcha de l'entrée et toqua trois coups à la porte. Quelques longues secondes s'écoulèrent avant qu'un cliquetis dans le barillet se fasse entendre.

Jamila Couvreur se tenait dans l'encadrement de la porte. Contrairement à la dernière fois, elle n'était pas maquillée mais elle en était encore plus belle. Son visage poupon, sa peau caramel, ses lèvres pulpeuses… elle avait tout pour plaire.

- Lieutenant Ramirel, que faites-vous là ?

- J'ai du neuf, répondit Eléonore. Puis-je entrer ?

La jeune femme était surprise mais la laissa passer le seuil de la porte. Elles s'installèrent à la table du salon.

- Quelles sont les nouvelles ? demanda Jamila.

- Nous avons trouvé le coupable.

- Ah ? Et qui est-ce ?

- VOUS !

***

11h47

Damien était soufflé ! Si ce n'était pas Gabriel au château du bordage mais Jamila, cela changeait tout ! Personne ne s'en est pris à elle… C'est donc qu'elle est la tueuse. C'est elle qui tire les ficelles depuis le début. C'est elle qui doit contraindre les autres au silence. Gabriel était un exemple. Il fallait arrêter cette femme au plus vite. Face au lieutenant, Alix Meunier laissa échapper quelques larmes. Le gendarme s'adressa à elle :

- C'est elle qui tué Gabriel n'est-ce pas ?

- Oui, elle lui avait tout raconté mais lui voulait qu'on prévienne la police et qu'on rende l'argent. Elle nous en avait parlé mais, pour elle, il était hors de question de rendre le fric. Elle souhaitait le garder à tout prix…

La jeune femme sanglotait et ce fût Damien qui continua :

- Alors, ce soir-là, l'occasion était belle. Trop belle. Elle a éliminé l'élément gênant. Nous devons l'arrêter sans tarder.

***

11h51

Jamila s'énerva.

- Vous croyez vraiment que j'ai pu faire ça à mon mari, pour qui me prenez-vous ?

- Je sais que c'est vous. Vous avez un amant. Votre mari est sorti seul en pleine campagne… Une belle opportunité pour se débarrasser de lui.

Cette fois la jeune femme ne dit rien et Eléonore continua :

- Vous remarquerez que je suis venue seule. Mes collègues ne sont pas au courant de ma présence ici.

Jamila esquissa un sourire mauvais mais la gendarme était trop fatiguée pour s'en apercevoir et elle poursuivit :

- J'ai besoin de vous. Pour arrêter un plus gros poisson, un homme dangereux.

- Vous avez besoin de moi ?

- Oui, vous devez m'aider et je vous laisserai tranquille.

- Qu'est-ce qui me dit que vous me laisserez ?

- Ma parole et le fait que je sois venue seule aujourd'hui.

- Vous êtes inconsciente ma pauvre, dit madame Couvreur en élevant la voix. Chéri, tu peux venir !

Sur ces paroles, la jeune femme se leva brusquement et un homme entra dans la pièce. Il se mit à côté de Jamila, tenant un

148

revolver dans sa main. Lui, ici ? se demanda Eléonore qui mit du temps avant de comprendre. Mais bien sûr, c'était lui l'amant. Ça ne pouvait être que lui. Pourquoi ne pas y avoir pensé plus tôt ? Tout était d'une logique implacable.

***

11h56

Luter avait donné l'ordre d'appréhender Jamila Couvreur. Il fallait arrêter cette femme et vite. Damien avait interrompu l'interrogatoire et était monté dans une voiture avec des collègues. Direction Betton et au plus vite. Il tenta d'appeler Eléonore sans succès. Que faisait-elle bon dieu ? Il lui laissa deux messages sur son répondeur et un texto. Toutes sirènes hurlantes, un convoi quittait Rennes pour se rendre chez les Couvreur.

***

11h57

Olivier Loiseau, alias Zeus.bzh, le poseur de la cache du nid au merle. Bien sûr, il n'avait pas choisi cet endroit par hasard. Le piège avait été bien préparé. Gabriel avait été victime d'un assassinat méticuleusement préparé.

- Vous semblez surprise, lieutenant ? dit l'homme.

- Vous n'aviez pas tout découvert ma pauvre, enchérit Jamila d'un ton dédaigneux.

- Allez au diable, cracha Eléonore.

- Peut-être mais nous serons riches, répondit Loiseau.

- Vous savez donc où est l'argent ?

- Bien sûr !

- C'est pour ça que vous avez tué deux hommes ? Pour du pognon.

- C'est ce qui fait tourner le monde, que voulez-vous !

- Et avec Gabriel vous faisiez d'une pierre, deux coups : vous récupériez sa part et vous vous débarrassiez d'un mari encombrant.

- Sa part ? répondit Jamila. Il n'y a jamais eu une seule part pour lui. Il voulait tout rendre aux flics cet abruti. Pour une fois que l'argent nous tombait droit dans les mains.

Eléonore, malgré la fatigue et la caféine qui faisait moins d'effet, commença à comprendre.

- Ce n'était pas Gabriel au château du bordage, c'était vous.

- Et bien, vous avez la comprenette difficile vous, dit Loiseau moqueur.

- Et le pauvre Guillaume qui avait dû découvrir la vérité.

- Ce fouille merde a eu ce qu'il méritait ! Bon, ne traînons pas, on va se débarrasser de vous comme des autres.

Loiseau s'approcha de la gendarme mais celle-ci recula d'un pas vers l'entrée et dit :

- Je ne vous laisserai pas vous en tirer !

- C'est ce qu'on va voir, ma jolie.

L'homme s'approcha encore mais Eléonore s'écarta et monta les escaliers menant à l'étage.

- Putain, il ne faut pas qu'elle s'échappe, cria Jamila.

***

12h04

Les deux voitures de gendarmerie fonçaient en direction de Betton. Damien était inquiet pour Eléonore, pourquoi ne lui répondait-elle pas ? Et si Jamila s'en était pris à elle ? Ou ce Jim ? Il restait encore cinq minutes avant d'arriver chez les Couvreur. Les passants présents dans les rues de Maison-Blanche regardaient éberlués le cortège passer à vive allure.

***

12h07

Eléonore n'arrivait plus à réfléchir, elle n'avait qu'un seul objectif : survivre. Mais comment s'échapper d'ici ? Elle s'était cachée dans une penderie… Jusqu'à quand sa cachette allait-elle la protéger ? Elle tentait de retenir sa respiration pour faire le moins de bruit possible. Elle était là, planquée dans le noir, à l'affût du moindre bruit. Elle entendait le parquet craquer au loin. Elle avait encore quelques secondes tranquilles avant que quelqu'un ne rentre dans la pièce. Les bruits de pas approchaient lentement mais inexorablement. Soudain, elle entendit des bruits de sirènes. Elle n'était pas sûre, était-ce bien ça ou son esprit qui lui jouait des tours. Puis, une grande cavalcade dans les escaliers. Quelqu'un qui sonnait à la porte. La cavalerie arrivait, elle en était sûre. Eléonore ne retint plus sa respiration. Elle se sentait soulagée mais continuait d'attendre, bien planquée, n'ayant pas la force de se redresser. Un deuxième coup de sonnette la fit sursauter. Tout était silencieux. Puis, on défonça la porte. Elle perçût distinctement des voix qui s'approchaient. C'étaient ses collègues qui fouillaient la maison. Alors, elle tenta un cri :

- Je suis là.

Mais son cri était en fait un râle. Cependant, il fût suffisant :

- J'ai entendu quelqu'un dans cette chambre, disait un officier.

- Qui est là ? demanda un autre.

Cette voix était singulière. C'était Damien ! Son Damien ! Son sauveur !

- Ici, grogna-t-elle.

Enfin la porte de la penderie s'ouvrit et Eléonore vit son héros nimbé de lumière.

- Eléonore, dit-il surpris. Qu'est-ce que tu fais ici ?

- C'est une longue histoire, dit-elle avant de tomber dans ses bras.

***

12h12

Mise à part la présence d'Eléonore, la maison était vide. Aucune trace de Jamila. Elle avait réussi à s'enfuir avant que les gendarmes ne pénètrent chez elle. L'équipe fouilla minutieusement les lieux à la recherche d'indices mais ne trouvèrent rien qui pouvait les mettre sur une piste. Damien avait déposé sa coéquipière sur un lit et faisait le point avec ses collègues.

- Nous devons la retrouver et le plus vite possible. Appelez Luter, qu'il fasse mettre des barrages un peu partout dans le secteur, je pense qu'ils ne doivent pas être loin.

Le lieutenant se tourna et observa en silence Eléonore qui dormait paisiblement.

- Qu'est-ce que tu es venue faire là, intrépide bout de femme ?

- Vous voulez qu'on appelle une ambulance ? demanda un jeune officier.

- Non, c'est inutile, je vais prendre sa voiture et la ramener chez elle pour qu'elle se repose.

***

Lundi 16 octobre 2017, 11h00

Prairie aux orchidées – Espace protégé – Montgermont

Apocalypse. C'est le mot qui venait à l'esprit des bretons ce matin. Le ciel est en train de nous tomber sur la tête, pouvait-on entendre dans les discussions. Le ciel rennais était complètement jaune. De plus, une drôle d'odeur de fumée accompagnait cette bizarrerie. Le soleil avait également presque disparu, il était caché derrière une espèce de brume... Mais ça ne ressemblait pas à de la brume, c'était différent. Un phénomène nouveau. Que se passait-il ? La fin du monde ? De la poussière rougeâtre se déposait sur les vitrines, les voitures, les velux. Jamais personne n'avait vu cela. Depuis le lever du jour, les gens avaient la tête tournée vers le ciel. Certains dégainaient leur appareil photo, d'autres leur smartphone. Les réseaux sociaux s'affolaient de cet étrange phénomène. Dans cette ambiance crépusculaire et apocalyptique, une femme attendait, seule, sur la passerelle aménagée de l'espace protégé. Un lieu aussi insolite que le ciel du jour. Au milieu du trafic routier et à proximité de la métropole, un coin de verdure où poussaient des orchidées sauvages. Un endroit préservé et unique. Cette femme patientait, son rendez-vous allait arriver, elle en était sûre. Cette femme, c'était Eléonore Ramirel, lieutenant de gendarmerie.

Enfin, un homme s'approcha. Cet homme, elle le connaissait bien. Elle savait qu'il viendrait. Depuis le temps qu'elle attendait ce moment. Elle l'avait souvent imaginé sans penser que ce serait aussi parfait. Même le ciel était à l'unisson. En se faisant passer pour Jamila Couvreur, elle avait contacté Jim. Lui demandant son aide pour quitter le pays. Lui proposant de partager le butin. Sauf que Jim était tombé dans le panneau. Ce n'était pas Jamila qui l'attendait mais Eléonore. L'homme était arrivé à moins de cinq mètres de son rendez-vous lorsqu'il s'aperçut de la supercherie.

- Toi ? Ici ?

- Eh oui Jim, c'est moi. Tu t'attendais à voir quelqu'un d'autre ?

- Pour être franc Eléonore, non ! Je m'attendais exactement à ce coup de ta part. Je savais que ce jour arriverait. Depuis le temps que tu dois guetter ce moment.

La femme était décontenancée. Il était au courant de tout, depuis le début.

154

- Qu'est que tu vas faire maintenant ? demanda Jim. Me tuer ?

- Je vais t'arrêter !

- Comment vas-tu t'y prendre ? Il n'y a personne ici. Il n'y a que toi et moi. Et quelle preuve as-tu ? Un portrait robot qui ne me ressemble même pas.

Oui, c'était vrai, Eléonore n'avait aucune preuve concrète malgré tout le travail qu'elle avait accompli. Cet homme était trop fort.

- Alors je vais te tuer, dit Eléonore en sortant une arme. Je dois le faire pour me venger.

- Tu crois que tu te sentiras mieux après m'avoir tué ?

- Peut-être pas mais tu ne feras plus jamais de mal à personne.

Le lieutenant Ramirel pointa son arme vers l'homme qui s'approcha encore d'un pas. Désormais, elle pouvait voir son visage. Bien sûr qu'il ne ressemblait pas au portrait dépeint par Anthony Pastre. Jim était un as pour se grimer. Un expert en maquillage et pastiche. Elle voulut appuyer sur la gâchette mais se retint encore et demanda :

- Te souviens-tu au moins d'elle ?

Un sourire mauvais se dessina sur le visage de l'homme qui, rapidement, dégaina une arme et déclencha deux coups sans ciller. Les balles atteignirent la poitrine d'Eléonore qui s'effondra lourdement sur le bois de la passerelle.

- Oui, je m'en souviens très bien, lieutenant Ramirel.

Luter se retourna et s'éloigna en regardant le ciel jaune.

***

Dimanche 15 octobre 2017, 20h00 (15 heures plus tôt)

Eléonore émergea tout doucement et écarta délicatement ses paupières. Sa vue s'adapta tranquillement à la luminosité et elle constata qu'elle était allongée dans son lit. Elle tenta de se souvenir mais n'y parvint pas. Elle se redressa lentement et s'aperçut qu'elle était encore toute habillée. Assise sur le bord du lit, sa mémoire lui revint peu à peu. Son enquête, le géocaching, les convoyeurs, Jamila Couvreur, Olivier Loiseau ! Mais oui, la course dans les escaliers, la planque dans la penderie et Damien…

Elle se mit debout, sortit de la chambre puis se rendit au rez-de-chaussée. Son partenaire était là, assis sur le canapé. Il la vit arriver dans le salon et se redressa :

- Enfin tu es réveillée !

- J'ai dormi si longtemps que ça ?

Elle regarda sa montre et fût surprise de l'heure tardive.

- Déjà, dit-elle. Au moins, je me sens bien reposée maintenant.

- Tu m'étonnes !

Il marqua une pause pendant laquelle Eléonore s'assit à ses côtés.

- Pourquoi être allé chez Jamila toute seule ? demanda Damien.

Elle haussa les épaules en guise de réponse et posa à son tour une question :

- Vous les avez eus ?

- Qui ça « les » ? Jamila n'était pas seule ?

- Non, il y avait son amant : Olivier Loiseau.

- Merde, s'exclama le gendarme. Je savais qu'elle avait un amant. Je savais qu'il fallait creuser cette piste. Mais on a eu ni l'un ni l'autre !

- Comment tu as su qu'il fallait venir me sauver ?

- Mon petit doigt, dit Damien en montrant le sien.

Ils rigolèrent tous les deux à la plaisanterie puis il reprit :

- Plus sérieusement, j'ai appris quelque chose… Ce n'était pas Gabriel qui était à la sortie du bordage mais Jamila ! C'est elle le maillon qui nous manquait. C'est elle qui terrorisait les autres. Alix a fini par craquer, enfin.

- Et son mari menaçait de tout révéler à la police, elle me l'a dit. Avec Loiseau, ils ont donc monté ce piège diabolique. Elle a fait le même coup à Guillaume Morel, j'en suis sûre. Elle a dû lui donner rendez-vous au site de la Lormandière et, lui, qui en pinçait un peu pour elle d'après ses notes, est tombé dans le panneau.

- C'est ce qu'on appelle une femme fatale ! Mais dis-moi, tu ne m'as pas répondu, pourquoi être allée seule chez les Couvreur ?

Eléonore hésita… Pouvait-elle lui faire confiance ? Après tout, il l'avait ramené chez elle et était resté à son chevet. Elle décida que oui, il méritait de tout connaître.

- Suis-moi, dit-elle en se levant, je vais te montrer quelque chose.

Intrigué, Damien ne dit rien et la suivit jusque dans sa chambre. Elle poussa une bibliothèque remplie de livre, ce qui dévoila une porte secrète qu'elle ouvrit.

- Tu peux entrer, lui dit-elle en actionnant l'interrupteur, je te suis.

Le gendarme s'exécuta et se trouva dans une petite pièce bien éclairée dont les murs étaient couverts de coupures de presse et de papiers en tout genre. Des fils de différentes couleurs reliaient l'ensemble dans toutes les directions. Damien se crut en plein film policier. Il y avait là le fruit de plusieurs années de travail. Il tournait la tête de droite à gauche pour essayer de trouver un sens à tout ça. Ce qu'il remarqua et l'intrigua le plus, c'était qu'un grand nombre de fils se rejoignait en un seul endroit : sur un portrait qui se situait au centre du mur en face de lui. Le portrait de Philippe Luter, leur supérieur.

- Qu'est-ce que c'est que ça ? bafouilla-t-il en s'appuyant sur le bureau qui lui faisait face.

Sur le meuble, il y avait des dossiers et des papiers bien ordonnés. Dans un coin de la pièce, se trouvait un confortable fauteuil en cuir. De quoi passer pas mal de temps ici.

- Je vais tout t'expliquer mais allons chercher une autre chaise et de quoi boire.

Installés dans la pièce secrète avec chacun une bière à la main, Eléonore commença à dérouler son histoire :

- Je n'avais pas quinze ans lorsque ma mère est morte un soir de fête nationale. J'avais été prise d'un malaise et nous avions

158

dû rentrer plus tôt que prévu à la maison. Mes parents sont tombés nez-à-nez avec des cambrioleurs, deux pour être précis. L'enquête fut rapide, trop rapide et n'aboutit à rien. Les coupables allaient continuer de sévir. Suite à ce drame, je n'avais qu'une seule envie : intégrer la gendarmerie et venger ma mère. J'ai rapidement rempli mon premier objectif et devint officier de gendarmerie. Il me fallait ensuite retrouver le dossier du cambriolage dans les archives. Après quelques années de service et une mutation à Nantes, j'ai pu y avoir accès… de manière un peu détournée je dois bien l'avouer. A ce moment là, je découvris que Philippe Luter avait été en charge de l'enquête et remarquai que celle-ci avait été complètement bâclée. Une question se posait : pourquoi ? J'ai poursuivi mes investigations en me focalisant sur le personnage de Luter qui gravissait les échelons de la police à un rythme normal mais qui attirait mon attention par quelques investigations bizarrement menées. Il avait quitté Nantes depuis longtemps et mon enquête traîna quelques temps. Cependant, année après année, mes doutes grandissaient et je réussis finalement à me faire muter à Rennes et dans sa brigade de surcroît. Malheureusement, l'homme est très rusé. Il n'est pas facile à piéger, ni même à surveiller. Finalement, un soir j'ai réussi à le prendre en filature et j'ai eu ma confirmation. Je l'ai vu organiser un cambriolage avec d'autres malfaiteurs que nos services connaissaient.

Eléonore marqua une pause dans son récit et Damien en profita pour la questionner :

- Pourquoi ne pas l'avoir pris en flagrant délit ?

- Je n'avais pas réussi à tout saisir de leur affaire et n'ai pas pu le suivre le jour de leur méfait. Je te l'ai dit, il est très malin. Toujours est-il que désormais j'avais la certitude qu'il était chez nous ce soir de quatorze juillet.

Un silence s'abattit soudainement puis elle reprit :

- A force d'enquêter sur lui et sur les différents crimes qu'il a pu couvrir en tant que gendarme, je sais comment il fonctionne. Tout d'abord, il repère un coup à faire. Puis, il monte une équipe en donnant des pseudos, issus de personnages de séries tv. Il participe à tous les coups personnellement, c'est ce qui le motive, c'est ce qui donne un sens à sa vie. Mais pour y participer, il ne peut pas se montrer sous son vrai jour. Il se grime donc. C'est pour cela que le portrait robot établi par Anthony Pastre ne lui ressemble pas et pourtant je te le confirme : Jim et Philippe Luter sont une seule et même personne.

Damien était soufflé par toute cette histoire et ces révélations. Le capitaine avait l'air d'un homme droit et intègre. Il repensa au portait de Jim et se dit qu'effectivement sans les cheveux et les lunettes, il pourrait bien s'agir de leur chef. Sa coéquipière reprit :

- Tu as devant toi le fruit de vingt-cinq ans de travail sur cet homme machiavélique. Nous avons aujourd'hui, enfin, une

160

occasion de le prendre à son propre jeu. C'est pour cela que je suis allée voir Jamila, pour lui proposer un marché. Mais mon plan était mal préparé, trop précipité et la jeune femme n'avait aucune confiance en moi. Elle m'a eue et à cause de mes bêtises, elle nous a échappé.

- C'était suicidaire, tu veux dire, rétorqua Damien avec un léger sourire.

- Jamila est peut-être toujours dans la nature mais cela peut nous aider à coincer Luter. Il faudra être plus rusé que lui.

- Comment faire ?

- On va lui faire passer un message par un portable prépayé en nous faisant passer pour Jamila Couvreur. On lui fera croire qu'elle connaît son identité et qu'elle demande de l'aide à Jim pour la sortir du pays en échange d'une bonne partie du butin.

- Et il va le croire ?

- Il le faut !

- Et ensuite ?

- Il faut qu'il se croie tranquille, juste lui et moi. Puis, je le pousserai à m'assassiner !

***

Lundi 16 octobre 2017, 11h00

Parking du centre commercial « Grand quartier »

Apocalypse. C'est le mot qui venait à l'esprit de Damien ce matin dans cette ambiance si particulière. Il était dans une voiture banalisée, accompagné de Frank, le jeune officier qui avait toute la confiance d'Eléonore. Tous les deux le savaient,

161

Jim disposait d'un drone de repérage, ils n'avaient donc pas pu être plus proches de l'action. Toutefois, ils étaient eux-mêmes pourvus d'un drone et avaient une vue parfaite de la situation. Prendre Jim à son propre jeu, voilà ce qu'avait martelé Eléonore à ses deux coéquipiers. L'étrange luminosité de ce jour particulier dégradait la netteté de l'image mais ce n'était pas trop gênant pour les deux hommes. Ils avaient tous les deux le cœur qui battait à tout rompre et il s'accéléra encore lorsqu'ils virent Luter arriver.

- Tenons-nous prêts, dit Damien en démarrant le véhicule. Il nous faut deux minutes pour les rejoindre.

Frank ne répondit pas, attendant le signal d'Eléonore en scrutant l'écran de l'ordinateur posé sur ses genoux.

- C'est bon, cria-t-il en la voyant dégainer son arme.

Sur ces mots, Damien démarra en trombe, direction la prairie aux orchidées. Ils quittèrent le centre commercial par le boulevard de la Robiquette vers Montgermont, puis Damien prit à gauche à la châtaigneraie… Il y eut deux détonations. Il accéléra encore et tourna à droite puis se gara près des voitures d'Eléonore et de Luter déjà présentes.

Les deux hommes sortirent de leur véhicule, leurs armes à la main et se cachèrent derrière la voiture du capitaine. Après quelques instants d'attente, ils entendirent des bruits de pas. Damien tapa sur l'épaule de son partenaire et tous deux se redressèrent, braquant leur arme vers leur chef.

- C'est fini Luter, tu es coincé, dit Damien.

Le capitaine, surpris, leva machinalement les bras en l'air, tenant toujours son pistolet dans la main droite.

- Que me voulez-vous ? interrogea-t-il innocemment.

- On a tout filmé, tu ne t'en échapperas pas. Eléonore a été bien plus rusée cette fois. Lâche ton arme maintenant.

Luter, vaincu, laissa tomber son pistolet sur le bitume, puis sentit une pression froide dans le dos et entendit la voix d'Eléonore :

- Vous êtes en état d'arrestation chef. Mission accomplie Jim.

***

Lundi 16 octobre 2017, 18h04

Le ciel était encore jaune et l'ambiance de fin du monde régnait toujours à Rennes. Eléonore, Damien et Frank buvaient une bière bien méritée dans un bar de la place des Lices. La gendarme avait vaincu son ennemi, mais ne se sentait pas soulagée pour autant. Rien ne lui rendrait sa mère. Cette victoire n'était qu'un pansement sur une plaie toujours bien ouverte. Elle était d'humeur taciturne et n'avait pas le cœur à la fête. Frank but une gorgée et demanda :

- Et ce butin ? Où est-il ?

- C'est encore un mystère, répondit Damien. Nous avons réinterrogé Alix Meunier et les Loisel cet après-midi et ils nous confirment la même version.

- Et que vous ont-ils dit ?

- Après la découverte des sacs au château du bordage, les quatre géocacheurs ont décidé de les planquer ailleurs. Roland

Loisel tenait de sa grand-mère maternelle un coffre-fort suffisamment grand pour y mettre tout l'argent. Jamila Couvreur, de son côté, connaissait un lieu où personne ne penserait à chercher. Le coffre s'ouvre grâce à trois clés. Lino, Alix et Roland ont chacune la leur. Jamila, elle détient la dernière pièce du puzzle : le lieu où elle a caché leur trésor. Seuls, les quatre géocacheurs réunis peuvent ouvrir le coffre et accéder ainsi au butin.

- C'est malin mais du coup, il faut trouver Jamila pour trouver l'argent du casse…

Damien but une gorgée de bière, reposa son verre sur le comptoir et répondit en regardant sa coéquipière :

- Oui mais pour l'instant elle nous échappe encore. Le trésor risque de rester enterré un bon moment si nous ne lui mettons pas la main dessus.

- Quelle histoire tout de même, dit le jeune officier en reprenant une goulée.

- Tu l'as dit bouffi, répondit Eléonore dans un demi-sourire. Nous n'avons peut-être pas eu cette femme mais nous avons arrêté un beau salaud. Pour madame Couvreur, je ne me fais pas de souci, son heure viendra.

- Ai-je enfin aperçu un petit sourire ? questionna Damien taquin. J'ai l'impression que le vrai lieutenant Ramirel refait surface.

Celle-ci se mit à rire de bon cœur et rétorqua :

- J'ai l'impression que je commence à bien te plaire mon beau brun.

Cette fois, les trois gendarmes rirent et trinquèrent à leur nouveau trio.

***

21h57

Damien n'était pas franchement frais lorsqu'il arriva en bas de son immeuble de la rue de Dinan. Avec ses nouveaux équipiers, il avait bien arrosé l'arrestation de Luter. Il ne remarqua pas tout d'abord la jeune femme assise dans l'entrée. Alors qu'il cherchait tant bien que mal ses clés, celle-ci s'adressa à lui :

- Deux semaines en Bretagne et tu as déjà un penchant pour l'alcool !

Surpris, le gendarme se retourna et tomba nez-à-nez avec Clara qui venait de se lever. Sa Clara. Elle était bien là, en chair et en os. Pour faire bonne figure, il remit sa chemise froissée dans son pantalon et se passa les mains sur le visage.

- Que... qu'est-ce que tu fais là ? balbutia-t-il.

- J'ai décidé de te faire une petite surprise mais il semble que je tombe mal.

- Pas du tout… enfin oui… j'veux dire non… je suis content de te voir.

- Et bien ça n'a pas l'air de te ravir tant que ça.

- Si, bien sûr, dit-il avec un faux sourire, c'est que je viens de fêter la fin d'une enquête avec des collègues et du coup je crois que j'ai un peu trop bu.

- Si tu crois, moi j'en suis sûre… je ne t'ai jamais vu comme ça. Cette mutation t'a changé.

- En bien j'espère…

- Là, c'est pas trop le mot qui me vient à l'esprit, rétorqua Clara d'un air dégoutée.

- Je suis vraiment désolé mais je vais me rattraper, promis.

- Promesse d'ivrogne… Bon, on ne va pas rester dehors, on monte ?

- Oui bien sûr.

Damien prit difficilement les clés dans sa veste et fit tomber malencontreusement son téléphone. Pendant qu'il actionnait la serrure, Clara ramassa le portable qui se mit à biper. Un message arriva et Clara put y lire : *Tu me manques déjà mon beau brun… Hâte d'être à demain.*

Epilogue

Trois mois plus tard

La fontaine d'Abîme, Vieux-vy-sur-Couesnon

Le temps était gris et le froid commençait à se faire sentir en ce mois de janvier. Emmitouflés dans leurs manteaux d'hiver, Alix, Roland et Lino étaient à l'heure au rendez-vous. Ils avançaient lentement dans ce bois qui devenait de plus en plus sombre. La semaine précédente, ils avaient tous reçu le même message : des coordonnées GPS, une date et une heure. Ils s'approchaient désormais du point zéro indiqué par leur GPS. Cette « cache » n'était pas répertoriée sur le site du géocaching et pour cause, elle se situait dans un lieu privé et elle était d'un genre très particulier. Lino avait pris la tête du cortège. Sur l'écran de son appareil il pouvait voir qu'ils étaient à moins de vingt mètres de leur but. Aucun des trois ne savait exactement à quoi s'attendre. Pourtant, ils s'étaient tous munis de leur clé, celles permettant d'ouvrir le coffre. Le message provenait sûrement de Jamila… ça ne pouvait être qu'elle. Les nombreuses ronces ne facilitaient pas l'accès et ils durent dévier leur chemin et ne pas y aller à l'azimut. Leur progression était lente dans ces bois. Alix, bonnet fixé sur la tête, suivait Lino de près. Elle grelottait mais ne savait dire si c'était à cause du froid ou de l'angoisse qui la saisissait. Les bruits de la forêt n'étaient pas rassurants. De temps en temps, de petits craquements leur faisaient tendre l'oreille et figer les jambes. Et si quelqu'un les surprenait ? Comment expliquer leur présence dans ce lieu ? Roland fermait la marche de ce cortège. Il était tendu et regardait sans arrêt derrière lui comme si on les suivait. Pourtant, tous savaient que Jim était hors d'état de nuire. Mais si quelqu'un d'autre les avait suivis ? Non, se rassurait l'infirmier… personne ne peut être au courant. Lentement mais sûrement ils approchaient du point indiqué par le GPS de Lino. Et finalement, celui-ci leur fit signe de s'arrêter, ils étaient désormais à un mètre du but. Chacun observa ce qui se présentait devant eux. Ils se trouvaient dans l'ombre d'un petit monticule rocheux, de quatre mètres de hauteur. Au pied de cette mini-falaise, ils virent un amas de pierres. Celui-ci semblait masquer l'entrée d'une cavité.

- C'est ici, dit Roland. Il faut retirer ces roches.

Sans un mot, les trois amis s'exécutèrent et retirèrent une à une les pierres qui cachaient la petite grotte. Au fur et à mesure de l'avancée de leur tâche, la cavité apparaissait clairement jusqu'à ce qu'elle soit complètement dégagée. Le trou n'était pas profond mais son contenu était surprenant en ce lieu. Il y avait, caché ici, le coffre-fort qu'ils avaient rempli de billets quelques mois plus tôt. Roland le reconnaissait parfaitement, lui qui l'avait hérité de sa grand-mère. Toujours en silence, ils s'en approchèrent tous les trois et purent constater que les verrous avaient été forcés.

- Allons-y, ouvrons, ordonna Alix.

Ce fût Roland qui s'y colla et ouvrit lentement la lourde porte blindée. Une partie du coffre-fort avait été vidée, mais deux étages sur cinq contenaient encore des billets. Les trois géocacheurs avaient les yeux qui brillaient devant ce spectacle. Ils n'en revenaient pas. Puis Lino s'écria :

- Regardez ! Il y a une carte sur les billets.

Il se saisit de la carte en question et lut aux autres :

- 500 000 euros chacun, c'est votre part. Vous l'avez bien méritée. Jamila.

Les amis en restèrent cois. Leurs yeux naviguaient entre le message de leur amie et l'argent. Quelques instants après la découverte du mot, Lino retourna la carte et put y voir un paysage montrant une plage de sable fin. Sur cette photographie idyllique, étaient déposés quelques mots manuscrits : *Bons baisers de Cancún !*

***

Cancún, Mexique

A près de huit milles kilomètres de Vieux-vy-sur-Couesnon, loin du froid et de la grisaille hivernale, le soleil brillait sur la playa Delfines. A l'abri, sous un parasol en feuille de palmier, Azia jouait dans le sable pendant que Jamila Couvreur et Olivier Loiseau sirotaient leur premier mojito de la journée. Tant de péripéties les avaient menés jusqu'ici. Ils avaient dû changer leurs identités et leurs looks à plusieurs reprises pour ne pas être reconnus. Cela ne faisait que trois semaines qu'ils étaient arrivés au Mexique. Jamila regarda sa montre, il n'était pas onze heures. Désormais, elle savait que ses anciens amis avaient découvert l'argent qu'elle leur avait laissé. Ils en avaient bien mérité une partie, c'était grâce à eux qu'elle était là aujourd'hui, à profiter, enfin, de la vie.

- Trinquons à notre vie de bonheur, dit-elle à son homme.

Ils entrechoquèrent leurs verres et burent une gorgée en regardant l'océan qui déposait délicatement ses vagues sur cette plage de rêve.

- On va faire quoi aujourd'hui ? demanda Olivier.

Avec le sourire, Jamila lui répondit :

- Un peu de géocaching !

Note de l'auteur

Cher lecteur, vous êtes arrivé au bout de cette histoire qui est bien sûr entièrement fictive. Les personnages et pseudos sont le fruit de mon imagination. Cependant, les lieux existent et disposent de géocaches que j'ai dû modifier pour les besoins du roman. Je vous donne la liste des lieux cités ainsi que les codes des véritables caches. N'hésitez pas à y faire un tour :

- Le nid au merle à Saint-Sulpice-la-Forêt (GC2NC17)

- L'espace naturel de Lormandière à Bruz (GC2NQC2)

- Le pont Lagot (GC5XB5A et GC5Q846)

- La prairie aux orchidées (GC2BC1J)

Je vous précise que la cache située au château du bordage à Ercé-près-Liffré a réellement existé. Elle n'est plus là aujourd'hui pour des raisons inconnues…

Je vous souhaite de bonnes balades et une belle découverte de la région rennaise avec le géocaching !

Remerciements

Tout d'abord, merci à mes fidèles relecteurs qui n'ont, une nouvelle fois, pas chômé : Anaïs, Marijo et Marie-Andrée. Merci également à Anne pour sa relecture.

Merci à ma famille, mes amis et mes collègues pour leur soutien et leurs encouragements.

Enfin, je vous remercie, vous, mes lecteurs d'être fidèles, livre après livre !